風葬

老犬シリーズⅡ

第一章

1

赤。

闇の中で、ピースの火だけに色があった。

静まりかえっていて、ちょっとした身動《みじろ》ぎも大きな気配になる。躰《からだ》の芯まで凍えていたが、ふるえてはいなかった。躰が、ふるえることすら忘れてしまったように思える。無理に、心の中のなにかを研ぎ澄ませていた。気乗りしない事件というやつはある。はじめからそうだった。理由はなにもない。ただ、いやな感じがしただけだ。バラックの張込みにかかった時から、いやな感じはさらに確かなものになった。

十時間以上、人の出入りどころか、通行人の姿さえ見えない。戦後に建てられたまま、放置されたバラックだろう。近所に民家がないので、所轄署のパトロールのコースからもはずれている。

高樹《たかぎ》は掌《てのひら》に息を吐きかけた。毛糸の手袋をしているので、それほど効果はない。癖のようなものだ。足の爪さきの方は、もう感覚もなくなっていた。

「来るわけねえや。来るわけねえですよ」

保田《やすだ》が口を開いた。二十五歳で、高樹より二つ下の所轄署の刑事だった。張込みには、あまり馴《な》れていないようだ。時間を気にすればするほど、つらさが募ってくることがわかっていない。

「野郎、いまごろどこかで、ぬくぬくとしてるに違いねえや。そう思いませんか。なにもこんなとこに戻ってくることはねえ」

「無駄口を利くな、保田」

「こんなんじゃ、てめえがなにやってるか、わからなくなってくるじゃないですか。よく、ひと晩張込めなんて命令できたもんです」

一時間や二時間の張込みなら、意味はない。日暮から夜明けまで張込んでこそ、犯人《ホシ》と出会うチャンスも出てくるのだ。冬場の吹き晒《さら》しの張込みは、若い者の仕事とされていた。それに異議を唱えようと思ったことはない。

「本庁の刑事さんが、こんな張込みをやるなんて、俺、考えてもみませんでしたよ」

捜査のやり方に、本庁も所轄もなかった。そんなことを、言ってみる気にもならない。無駄口を利くなと、くり返しただけだ。

空に星は多かったが、月はなかった。バラックは五つ並んでいて、その横は倉庫が二棟ある。あとは空地で、百メートルほどさきに建設中の工場が、黒い小山のように見えていた。電池を造る工場だという話だ。戦争の跡は、急速に街から消えていった。

「なんですか、それ？」

しばらく黙っていた保田が言った。

「癖かな」

自分が手首をしきりに動かしていることに気づいて、高樹は言った。癖などではない。なにかが迫った時、いつも自然に手首が動く。

「変な癖ですね、言っちゃ悪いけど」

「ガキのころからさ」

「野球のピッチャーがやりそうなトレーニングですね。それとも剣道かな」

「そんなふうに見えるかな」

バラックを根城にして、懸命に生きた時期がある。自分の命は、自分で守るしかなかった。そのために、手首を強くしてなんでも振り回せるようになりたいとよく思った。

高校時代には、確かに剣道をやった。大して強くはなかった。真剣ならば。よくそう思った。相手の隙は見えるのだ。すると本能的にそこを打つ。ポイントになる場所ではないことが多く、少し遅れて相手が軽く面などを打ってきたりする。

高樹の竹刀の打ち方は、いつも強すぎた。打つ瞬間に、相手の命を断つという意識にも近いものが、全身を支配してしまうのだった。選手でいられたのは、試合ではその意識が相手を圧倒し、好結果に繋《つな》がったからだ。

高校まで、親父《おやじ》が行かせてくれた。通信教育か夜学で大学卒の資格を取るように高校の教師は勧めたが、高樹は警察官になる道を選んだ。一番踏みはずしそうもない職業だと思えたからだ。まわりの人間は、高樹が道を踏みはずすなど考えてもみないようだったが、高樹は自分自身でひそかにそれを恐れていた。

警視庁警察学校を卒業して二年ばかり制服勤務をすると、推薦されて管区警察学校に半年通い、本庁の捜査一課に配属された。凶悪犯を追って、すでに五年近くになろうとしている。

「俺、柔道部でしたんでね。合宿なんかでよくうたわされるんです。音痴でもなんでも、とにかくやらされる」

「俺は剣道部だったんだよ」

高樹は、くたびれたコートの前をかき合わせた。親父のもので、すでに袖口などは擦り切れている。

親父は、高樹が高校二年の時に、疲れたと言って学校をやめた。理科の教師だったが、科学の進歩についていけなくなったのかもしれない。家も本郷から練馬の方へ移り、小さな化学工場の顧問のような職に就いた。高樹を高校に行かせるだけで、精一杯だっただろう。再婚もせず、いまはすっかり老いぼれてしまっている。

「公務員は安定してると、家族が勧めたんですがね。こんなとこにひと晩立たされてると、公務員にもいろいろあると思えちまうな」

喋《しゃべ》ることで、保田は気を紛らわせようとしているのかもしれない。放っておいた。返事をしなければ、いつまでもひとりで喋ってはいられないものだ。

さらに、数時間が経過した。バラックには、誰も現われない。空の端が、かすかに色づいたようで、これから急速に明るくなっていくだろう。吐く息の白さが見えるようになると、寒さはいっそう身を切るように感じられるに違いない。

「無駄骨でしたね」

保田がしゃがみこみ、膝の屈伸運動をした。高樹は、まだじっとバラックに眼《め》をやっていた。内側から戸が開いて、誰かが出てきそうな錯覚に襲われる。それは犯人などではない。仲間。かつて、焼跡と闇市だけのような街で、なんとか生き延びようともがき合った仲間。十数年の歳月を、白く霜に包まれたバラックが静かに閉じこめていた。

七時半に、捜査本部から交代の張込み要員がやってきた。

高樹と保田は、早朝の電車に二駅揺られ、本部が置かれた所轄署に戻った。

本部長の署長はまだ出てきていなかった。会議室の石油ストーブを抱くようにして、小林警部補が資料を読んでいた。本庁捜査一課からの応援は、小林と高樹の二人だけである。拳銃を使った殺人事件でなかったら、応援の要請もなかっただろう。

「徹夜ですか？」

「村松の資料に、ちょっとひっかかるところがあってな」

小林は、四十を二つ三つ越えた愛想のいい男で、一課の飯はすでに十五年になる。誰に対しても愛想がいいということは、ほんとうは誰にも愛想がよくないということでもある。取調室の犯人に対してさえも、同じようにやわらかく接するのだ。

「ただの株屋ってわけじゃないんですか？」

「ただの株屋さ。そいつがなんで射殺されなきゃならんか、資料の中でなにか見つかるかもしれんと思ってな」

「株で大儲《おおもう》けをしたというのも、なさそうですしね」

高樹は、椅子をストーブのそばに引っ張ってくると、靴を脱いで足の裏を温めた。風呂に入って躰を温めたいところだが、自宅に戻る時間はなく、このまま宿直室で仮眠をとるしかなさそうだ。

いまのところ、目撃者は二人いて、犯人の逃走方向もはじめだけは見当がついていた。その延長線上に、張込みを続けているバラックがあり、事件の前日、そこに男がひとりいたことも聞込みで判明している。事件後二日でそれだけのことがわかり、三日目に入った。それ以上、なにも出ていない。バラックにいた男と犯人を結びつけるものは、目撃者の曖昧な証言だけだが、張込みと聞込み以外に、いまのところ方法はなかった。

　拳銃を使った犯罪は、かなりめずらしいものだった。戦後出回ったものも、ほぼ押収されている。日本軍のすべては武装解除され、出回った拳銃は進駐軍の横流しが主で、数も少なかったのだ。拳銃が使用されたことを重視して、所轄署も本庁に応援を依頼してきたと言ってよかった。

　高樹は、ストーブにかかったヤカンの湯を一杯呑《の》んだ。茶を淹《い》れるのも面倒で、躰さえ温まれば充分だった。

　叩《たた》き起こされたのは、十一時前だった。

　会議室で、小林が署長も含めた三人と話合っていた。

「また、やられた。それも、都議会の選挙に立とうっていう商店主だ。まあ、戦後の闇でかなり儲けた口らしいが、堅気だよ」

「どこで？」

「新橋の海寄りの方だ。真昼間、正面から射殺してるってのに、目撃者は遠くに三人いただけさ」

　同型の拳銃という鑑識結果は、もう出ているようだった。

「動機は、やはりはっきりしない。村松と須山の繋がりが出ればいいんだが」

「暮の忙しい時に、射殺屍体《したい》が二つってわけですか」

バラックの張込みも解かれたようだ。小林と高樹を含めても、捜査員はもっか七名にすぎない。増員するのは無理だろうが、新橋の方の所轄署と合同捜査態勢は組める。

「帰宅していた保田も呼び出した。夜の張込みで疲れているだろうが、とにかく村松と須山の関係を洗ってくれないか。三人目が出るようなことになりゃ、警察は笑いものだ」

「バラックの張込みは、解くんですね」

「可能性が高いわけじゃないからな。それより、新しい糸口を捜す方が早道だろう」

髭《ひげ》がのびていた。大して気にもならない。コートをひっかけ、高樹は署を出て国電の駅にむかった。晴れた日だ。駅前で、ジャムパンと牛乳を一本買って口に押しこんだ。

あまり身なりに構ったことはない。ちゃんとした背広は、一着持っているだけだ。上着とズボンを別々に、安い物を買う。それを取り替えながら、くたびれてどうにもならなくなるまで着る。靴も、浅草で安い物をまとめて三足ほど買っていた。ネクタイなど、それこそ一年じゅう一本で通してしまう。

殺人犯や強盗が、眼の前に現われてくればそれでよかった。追って、追いまくっている時だけは、充実していられる。追っている間は、人間ではなく、刑事ですらなかった。獣のようなものだ。獣になる時間が欲しくて、警察官の道を選んだと思えてくるほどだ。

刑事としての成績は見事なものだった。時に独断専行を上司から叱責されることはあるが、犯人検挙の実績は抜群に高く、警察学校の同期の中では、表彰された回数も一番だった。時々、その表彰状を、獲物の躰でも眺めるように、深夜ひとりで念入りに読み直すことがある。感慨は湧かない。ただ、自分が生きてきたことを、確かめているだけのような気さえする。

家での生活は、小綺麗なものだった。週に二日だけ街工場へ出かけていく親父は、余った時間を家事に使いはじめたのだ。家の中の掃除は勿論《もちろん》、洗濯から庭の雑草取りまで、憑《つか》れたように熱心にやっている。もっとほかの趣味を見つければいい、と高樹は口では言ったが、便利さがなくなると困るとも思っていた。

新橋の所轄署に顔を出し、直接やってきた保田と落ち合った。

「徹夜の張込みなんて、馬鹿みたいな真似《まね》をしちまったんですね」

保田も、髭《そ》を剃っていなかった。ワイシャツは新しいものに替えてきたようだ。

所轄署で調べた資料を受け取ると、すぐに須山の人間関係を洗って回った。戦後新橋で商売をはじめ、電器店を営むようになった四十二歳の男。株をやっていた気配はなく、そこから村松と繋がることもない。

「村松と須山か。同じ拳銃で射殺されなきゃならん理由ってのが、あるはずですよね。偶然なんてのは、結果で言えることで、俺たちゃ二人の関係を探り出さなきゃならんてことですね」

「わかってるじゃないか」

「そりゃね。俺だって、本庁の旦那に顎で使われるだけの男にゃなりたくねえですよ。これでも、懸命に考えちゃいるんです」

近所を当たり、親類を当たり、旧制中学の同級生を当たり、軍隊仲間も当たれるだけ当たった。須山は新橋の生まれで、そのまま新橋で電器店をはじめたので、軍隊仲間以外はそれほど散らばっていなかった。

戦争中は海軍に召集され、駆逐艦に乗っていた。それも、村松との繋がりはない。村松は、満州から復員してきている。

「戦前、戦時中の繋がりはないですね。それにここ二、三年の繋がりもない」

「戦後の混乱期の繋がりか」

「新橋で闇屋みたいなことをやってたといっても、あのころは誰でもそうでしたからね。売る電気製品なんてもんもなかっただろうし、適当に闇で稼いだというところじゃないですか」

すでに夕方だった。冷えこみはじめているが、歩き回っているかぎりそれほどの寒さも感じない。大衆食堂でカツ丼をかきこみ、商売関係をさらに少し当たって、荒川署の捜査本部に戻った。

「今夜は、帰ってくれ。徹夜の張込みのあとで御苦労だった」

本部長の署長が言った。犯人の逃走経路は摑《つか》めず、村松と須山の関係も明らかになっていない。小林は、いつも愛想のいい顔を少し歪《ゆが》め、腕を組んで考えこんでいた。なにも進捗しないまま、屍体を二つ抱えこんでいるのだ。

「どうも、いまひとつ見えてこないものがありますね」

小林のそばに腰を降ろして、高樹は言った。捜査の狙いが、はじめから狂っている。それがどこだと、捜査会議で具体的に指摘できないもどかしさが、高樹にもあった。ただ、カンは捜査全体がむいている方向が違うと、強く訴えかけてくる。

「恨みとか物盗《ものと》りとか、そういう次元で考えない方がいいんじゃないでしょうか」

「そう思うか、高樹」

「どんなふうに次元が違うか、うまく説明できないんですが」

「俺は、はじめから組み立て直している。そうやって見てみると、材料がないんだな、まったく。おやと思えるのは、バラックに不審な男がいたという目撃談ぐらいで、現場における遺留品など少なすぎる」

「いくらあっても、よさそうな感じがしますよね。特に今日の事件なんか、現場に被害者《ガイシャ》が行くまで、根気よく待ったんじゃないかって気がします。店の近くなら、いくらなんでも遠くからの目撃者だけというわけにはいかなかったでしょうから」

額を突き合わせるようにして、喋っていた。喋ることで、お互いに頭の中を整理しようとしている。刑事同士で、よくやることではあった。

「とにかく、おまえは帰って休めよ。どう動くべきなのか、明日までに俺が決めておく」

小林とは、何度か組んで仕事をした。鋭さを見せるのは捜査の最終局面に入ってからで、それまでは小さな事実を綿密に組み立てていくというタイプだった。材料の少ないこの事件は、小林が一番苦手とするものなのかもしれない。

「それじゃ、俺は」

ちょっと頭を下げ、高樹は部屋を出た。

冷たい風が吹いていた。コートのポケットに両手を入れ、背を丸めて駅まで歩いた。心の中で、獣が咆《ほ》えている。そんな気がした。背を丸めたまま、自宅ではない場所の切符を買った。

2

五時間ほど待っただけだった。

二時二十分。姿より、足音の方がさきに聞えた。急いではいない。のんびりしてもいない。自分が行きたいところへ行く、というような足音だった。

バラックのそばである。自宅には帰らず、もう一度徹夜の張込みをやってみる気になっていた。心のひっかかりのひとつは、早々に打ち切られたこの張込みにあるような気がしたからだ。もっとはっきりと、説明のできない匂いのようなものを感じたのかもしれない。

足音がすぐそばまで近づいてきても、高樹は気持を乱さなかった。当たり前のことが起きている。そうとしか思わなかった。追って、追いまくったあとは、ここぞと思うところに先回りして、根気よく犯人を待つ。それがいつか、自分のやり方になっていた。今回は、追ったわけではない。追おうにも、姿さえ見ていないのだ。見たのは、二つの現場だけだった。そこから嗅ぎとったもの。なにかあった。確かに、なにかあった。それが、冬の寒空の下に高樹を立たせている。

小柄な男だった。頭を動かしてはいないが、周囲の気配に神経を張りめぐらせていることは、なんとなく伝わってきた。高樹の、五、六メートル脇を通りすぎていく。ほとんど影だけにしか見えなかった。

五軒並んだバラックの真中の一軒。錠をいじっている気配があった。五軒とも、バラックには似つかわしくない大きな南京錠《ナンキンじょう》がかけてあることは、前に確かめてあった。

男の姿が、バラックの中に消えた。しばらくして、弱い明りがバラックから洩《も》れてきた。ロウソクの明り。高樹には、すぐにそれがわかった。十数年前の、バラックでの生活。夜の明りは、ロウソクと炊事の火だけだった。そのロウソクでさえ、特別な時しかつけようとしなかった。

何度か、手首を動かした。鞭《むち》を振るような仕草もしてみる。それからしっかりと唇を引き結び、闇の中に踏み出した。

拳銃を持っている。あの男が犯人《ホシ》ならばだ。それを高樹は確信して疑っていなかったが、応援を呼ぶ余裕はなかった。呼ぶ気もない。死と隣り合わせの危険が、高樹にわけのわからない充実感を与えていた。

足音は消していた。

バラックの中からは、かすかに人の動く気配が伝わってくる。戸口の前に立った。高樹の中で、なにかが切れていた。ためらいは、まったくなかった。中の男の動き。それだけを感じとろうとした。扉を蹴る。

薄明るいバラックの中を高樹が見てとるのと、男の手が壁の棚にのびるのが、ほとんど同時だった。二歩踏みこみ、高樹は握った手錠を下から撥《は》ねあげた。考えた動きではなかった。手が自然にそう動いていた。撥ねあげた手錠を、さらに男に振り降ろす。

拳銃。飛んで、土間に落ちていた。膝を折った男が、立ちあがる反動をつけて、突っこんでこようとする。首筋に手錠を叩きつけた。前に倒れかかった男を蹴りあげる。壁まで飛んだ男が、さらに立ちあがろうとした。体重を乗せて、もう一度男の腹に靴を蹴りこむ。口から胃液を吐き出して、男は動かなくなった。

手袋をした手で、高樹は拳銃を拾いあげた。三八口径のリボルバーだった。ＳＷ製のようだ。扉を閉めると、小屋の中が静かになった。そう感じられた。風で揺れていた、ロウソクの炎が静止したのだ。

男が、また躰を起こそうとしている。

高樹は、男のそばに立ってしばらく見降ろし、顎を狙って蹴りあげた。男の眼が、一瞬ぐるりと反転して白くなった。

闇の中で見た通り、小柄な男だった。紺の背広に濃いブルーのシャツを着ていて、ネクタイはしていない。スーツケースがひとつと、小型のボストンバッグがひとつ、壁際に並べて置いてある。

高樹は、男の右手に手錠をかけ、左腕を柱に回して、左手首にもかけた。柱を抱くような恰好《かっこう》で、男はまだうなだれている。

男の服のポケットのものを、全部出した。煙草《タバコ》、ライター、財布、小銭入れ。大したものはなかった。スーツケースを開けた。服や下着のほかに、本が数冊入っていた。興味を惹かれて、高樹は背表紙に眼をやった。聖書と、特攻隊の遺稿集が二冊だった。

「刑事《でか》か」

男の声がした。高樹はふりむかず、ボストンバッグのチャックを開けた。汚れたズボンとセーター、運動靴が一足。それに札束。三百万あった。ただの紙の束だというように、無造作な感じで眼を剝《む》くような大金が突っこまれている。

「須山を撃った現場を見た時、これは商売にしているやつの仕事だろう、と俺は思ったよ。たっぷり時間をかけ、安全な場所で狙っている。そうするためには、三日、張りついてなきゃならなかったんだろう。だから、ここへ戻ってくる。カンに近いが、俺はそう思って待ってた」

ボストンバッグには、ほかになにも入っていなかった。高樹は腰をあげ、男のそばに立った。明りは壁の棚に立てたロウソクだけで、男の顔の半分は翳《かげ》っている。

「人間ってのは厄介なもので、身のまわりのものは必ず持ってる。それを持ち運びながら須山を撃つ機会を狙っていたとは、とても思えなかったんでね。どこかに置いておいて、仕事が終ったら取りに来る。そう思ったわけさ」

「ひとりでかね。俺は銃を持ってた。ひと呼吸、俺が速ければ、ここに倒れていたのはあんたの方だよ。平気で、命を棒に振る真似をするね」

男は、三十をいくつか越えているように見えた。手錠をかけられた者の、悔悟の表情は見えない。興味深そうに、高樹の顔を見あげているだけだ。

「気分は？」

「ひどく悪い。顎を蹴られたのが効いたようだ。腹の方は、もっと時間が経《た》ってから、こたえそうな気がする」

「落ち着いてるね」

「いまの状態を考えれば、ジタバタしてもはじまらないだろう。それに、なんとなく君とは折合いがつけられそうな気がする。やり方が刑事じゃない。いきなり襲いかかってくるなんてな。それにひとりだし」

「俺は刑事さ」

高樹はピースをくわえ、男のジッポで火をつけた。戦後すぐには流行《はや》ったジッポも、いまでは使っている人間はめずらしい。

「君が刑事だってことを、疑ってはいない。どう見たって、君は刑事にしか見えないよ。しかし、かなり変った刑事ではある」

「それで、俺と折合いがつくと思ってんのか？」

「三百万、見ただろう」

「拳銃もな」

「見たのは三百万だけだった、ということにしてくれそうな人だ」

それには答えず、高樹は棚に置いた拳銃に手をのばした。手袋はしたままだ。男のそばに屈《かが》みこんだ。扉の方にむけて、男の手もとから一発撃った。弾は、板を突き抜けて飛んでいったようだ。

「プロは、不発でもすぐ次を撃てるリボルバーを使うと言われてるが、ほんとなんだな」

「音を聞きつけて、誰か来るぞ」

「まず大丈夫だろう。車のバックファイヤーくらいにしか思わないさ。それに方向が掴みにくい」

「俺の手もとから撃ったのは、硝煙反応をつけるためか?」

「念のためさ。須山を撃った時は、別の服を着ていたようだし、手袋もしていたのかもしれん。あんたはこの小屋で、俺を撃とうとして捕まったんだよ」

「そんなことも、三百万君に入るということになれば、どうでもいいという気がするが。要心深いのかな」

「まあ、性格としては要心深いのかもしれない。ほんとに要心深けりゃ、こんなとこにひとりで入ってきたりゃしねえが」

拳銃を棚に戻した。

「名前を、聞かせてくれないか?」

「それは避けたいね、お互い。誰にもわからない金が、君のポケットに入るだけということにしておかないか」

男の脇腹を、軽く蹴りつけた。何度も、それを続ける。男の表情に苦痛の色が浮かび、次第に濃くなっていった。

「よせ」

「名前だよ、名前」

「訊《き》いて、俺を一生ゆすろうとでもいう気か。無駄だぞ」

足を動かしていると、いくらか寒さがしのげた。男は、額に汗を浮かべはじめている。この程度の蹴りでは、ほとんど体表に痕跡は残らない。ただ、蹴られる方は、いつかはらわたが搔《か》き回されるような気がしてくるのだ。

「名前だよ、おい」

「言うはずがないだろう」

「調べりゃわかることだぜ」

「俺と、折り合おうって気はないのか？」

「逮捕されたやつが、でかい口利くな。質問するのは俺だけだ」

「暴力を振うのか、刑事が」

「俺はおまえに撃たれそうになった。ここでな。殺人未遂の現行犯で、格闘の末逮捕するわけさ。俺の武器は、手錠と拳だけだ。拳銃の条痕を調べる。それで、村松と須山を撃ったのもおまえだと判明する」

「なにを言ってる？」

「警察には、いろいろ手続が必要なもんでね。できるだけ簡素にやった方がいいってのが、俺の主義さ」

高樹は、男の脇腹を蹴り続けた。男のブルーのシャツも、汗で濡《ぬ》れはじめている。

「時間はたっぷりある。俺は機嫌が悪い。なにしろ、二晩目の徹夜だからな。おまえの肚《はら》の中のもんを、全部蹴り出してやる。山中、わかってるな」

「おまえ」

「名前なんて、服のネームからとうにわかってるさ。言ったろう、警察にゃ面倒な手続ってやつが要る。山中。名前は聞いた。次には、誰に雇われたかだ。佐久間通《とおる》か、おまえの雇主は?」

喋りながらも、高樹は男の脇腹を蹴り続けた。佐久間という名前を出した時、苦痛に喘《あえ》ぐ男の表情に、微妙な翳りに似たものが走るのを、高樹は見落とさなかった。

佐久間は、この広い空地の持主だった。バラックも、佐久間の所有になっている。最初の張込みをはじめる前に、調べておいたことだった。バラックの南京錠の鍵を、男は持っていた。だからといって、佐久間が雇主とはかぎらない。それで、探りを入れただけだ。男の表情の翳りは、佐久間を知っているということを語っているものだろう。

「佐久間から、おまえがここに戻ってくるから始末してくれと頼まれてる。おまえは、俺にむかって発砲し、逆に射殺されるわけさ。射殺じゃまずいか。乱闘で殺される。それなら言い訳も立つし、俺の正当防衛も成立する。負けりゃ殺されると思って、俺も必死に闘うしかないからな」

「お喋り野郎」

「俺のことか、それとも佐久間か？」

「ペラペラ喋ってるのは、おまえだ」

「そうか、じゃ、佐久間が三百万でおまえを雇ったわけか。仕事を済ませたおまえが、高飛びをする時、俺に逮捕される。間一髪ってやつだな」

どれほどの時間、高樹は男を蹴り続けているのだろうか。殺してもいい。その気配は充分すぎるぐらいに漂わせている。いや、実際にどこかでそう思っている。

「佐久間が、ここを俺に教えたって話は、ほんとだぜ。でなけりゃ、こんな場所は摑みようがないだろう。俺は手柄が欲しいから、ひとりでやろうって気になった。おまえをここで殺す前に、佐久間の弱味をしっかり握っておきたいのさ。これからも利用できる男だからな」

「お喋り野郎」

男の声は、弱々しく消え入りそうだった。眼の光に、落ち着きのなさが出はじめている。さっきまでは、しっかりした眼をしていたのだ。しかし、大事なことはなにも喋らないだろう、という感じもあった。うまくすれば、男にはどうでもよくて、こちらには興味があることを、聞き出せる可能性もある。

「ひとつだけ、答えろよ。おまえ、佐久間を信用したんで、この小屋を荷物置場に使ったのか?」

「お喋り野郎」

「おまえがどこに住んでいて、どこに高飛びしようとしていたかは、これから調べりゃわかる。住んでいたところを引き払って、何日か荷物をここに置いておいた。東京にいなかったという、アリバイでも作るつもりだったのかな」

「お喋り野郎」

「つらいな、山中。おまえの罵る声が、一回ごとに弱々しくなっていく。どうしても、それがわかっちまうんだよ。死ぬまでに、もっと苦しい思いをする。うんざりするほどな。俺が愉《たの》しんでるなんて思うなよ。汚れていく。そう思いながら、いたぶってるんだ」

高樹は、蹴るのをやめ、男のジッポでピースに火をつけた。男は、大きく肩を上下させている。

もう一度、スーツケースの中を調べ直した。内側のポケットに、運転免許証や銀行の通帳が入っていた。名前は、やはり山中重明。三十二歳だった。預金は、八百万近くある。額が大きすぎて、高樹には現実感が湧かなかった。

「なにもかもひっくるめて、おまえは俺に捕まったんだよ」

山中は、苦しそうだった。蹴られなければ蹴られないで、また苦しいのだ。このやり方は、戦前の特高にいたという、いまは六十二歳の老人に聞いたものだった。外傷はできないが、やりすぎると内臓だけが破裂して死ぬ。その老人は、逮捕した人間を三人そうやって殺したと言った。孫が三人いて、戦後は平穏な暮しをしている。戦前にもまたがるある事件の捜査で、一度協力を依頼したことがあった。老人はすべて時代と国のせいにして、逮捕した人間を殺したことを悔いてはいなかった。

「殺す気なのか、俺を？」

山中の言葉は、喘ぎに紛れて聞き取りにくかった。

「断っておくが、俺はおまえが考えているような刑事じゃない。まっとうな刑事とも違うがね。一度手がけたものを、途中でやめたくない。そう言えば聞えはいいが、要するに、俺を興奮させるものが欲しいのさ」

ほんとうは、獣にするものが欲しい。そしてその気になれば、獣になれる対象はいくらでも見つかる職業だった。

「似てるな、俺と」

「特攻隊崩れなんだな、おまえ」

「いまでも、あの時の気持のままさ」

「そんなやつが、八百万も銀行に溜《た》めこんだりゃしねえぞ」

高樹がまた蹴りはじめたので、山中は低い途切れ途切れの呻《うめ》きをあげた。

3

捜査本部から、小林に率いられた四人が到着したのは、朝の八時だった。

「カンが働きましてね。しばらくここで睨《にら》み合って、それから本部に連絡を入れたってわけです」

高樹は小林にそれだけ言った。小林が不機嫌なのは、早朝に駆り出されたからばかりでもなさそうだった。鑑識も到着して、壁の板を撃ち抜いた弾の行方などを捜しはじめた。

山中は、ぐったりとしている。顔が少し腫れているだけで、拷問を受けたような感じはどこにもない。

「まったく、張込むなら俺にも声をかけてくれりゃよかったのに。ひとりじゃ、危険だったでしょう。撃たれなかったのは、運がよかったんですよ」

保田が、そばへ来て小声で言った。

誘ったところで、応じはしなかっただろう。実際に犯人《ホシ》を眼の前にしているので、そういう恨み言をいっているのだ。これで、高樹の表彰状はまた一枚増えるかもしれない。

「小林警部補、車の中じゃお冠でしたぜ。独断専行にも程があるってね。ここの張込みを解くことを決めたのは、署長と二人でなのに」

犯人《ホシ》を挙げれば、刑事は勝ちだった。独断専行が咎《とが》められるのは失敗した時で、そういう場合は大抵知られることもない。同僚や上司の感情を考えて行動したことなど、高樹にはあまりなかった。

「きのう、帰る時から、おまえはここで張込むつもりだったのか？」

「いや、帰り路《みち》に、ふと思いついたんですよ。もしかすると、プロの仕事かもしれないってね。それなら、仕事を終えたあとの高飛びの準備はしているだろうと思いました」

「荷物なんかを、この小屋に置いてるかもしれない、と考えたわけか」

小林の口調には、まだ口惜《くや》しさが滲《にじ》み出していた。

「元気がないな、犯人《ホシ》は」

「逮捕されたんですからね」

「拳銃を持っている相手に素手か。おまえだって、拳銃を携行してはいただろう」

「犯人《ホシ》だって確信は持てないでしょう、発砲されるまで」

「怪我《けが》をしてるのは、例の手錠か？」

頷《うなず》き、高樹は両脇から抱えられるようにして連行される山中の姿に眼をやった。山中は高樹を見つめてなにか言おうとしたが、途中で口を閉じた。

高樹の、手錠で相手を打つやり方は、一課でも知られはじめていた。もともと、焼跡で人と渡り合う時、ロープを武器にしていて身につけた技だった。下から上へ。それを教えてくれた男は、闇市でズタズタに斬られて死んだ。下から上へ撥ねあげると、相手の死角に入ることが手錠を使いはじめてからわかった。よく手首を動かすのも、その感じをいつでも摑んでおきたいからだ。

「俺も同じところにひっかかっていたんだと思う。ただ、材料が足りなかった。カンだけで動くタイプじゃなくてな」

「犯人《ホシ》がいたからこうなったんです。いなけりゃ、いまごろ俺は寝不足でフラフラしながら、捜査本部に現われてますよ。ひと晩、勝手に張込みをしたなんてことも言えないでね」

九時近くになると、新橋署からも係員がやってきて、現場は騒がしくなった。

「俺、帰って眠ってもいいですか?」

「ああ」

横をむいたまま答え、小林は新橋署の係員の方へ行った。

高樹は小屋を出て駅まで歩き、二度電車を乗り換えて練馬桜台の家に帰った。

親父はもう庭に出て、のびすぎた柿の木の枝を払っていた。高樹を見ても、声をかけたりはしない。柿の木にむかっている時は、世の中で柿の木が一番大事という顔だった。

家に入り、風呂を沸かすと、冷蔵庫の残りものを少し口に入れた。

平屋の、四部屋ある家だった。親父と二人だけだと、妙に広いと感じることがある。前に住んでいたのは、六人家族だったという。

台所のテーブルに、写真が置いてあった。町内で、高樹に熱心に縁談を勧めてくる老人がいる。時々、こうして写真も持ちこまれる。親父が、高樹の結婚を望んでいるのかどうか、よくわからなかった。訊いてみたこともない。写真を断らずに置いておくのは、どこかで結婚を望んでいるからかもしれなかった。

風呂に入ると、安物のウイスキーを一杯ひっかけ、押入れから蒲団《ふとん》を出して潜りこんだ。よく陽《ひ》に当ててあるらしい蒲団は、いつも暖かかった。

眠くなるまで、詩集を読んだ。明治から大正にかけての、抒情派《じよじようは》の詩人のもので、甘いトーンが高樹は嫌いではなかった。

自宅でも詩を読むようになったのは、二年ほど前からだ。それまでは、図書館でだけ読んでいた。

詩人だと称する男が、女房の浮気を怒って庖丁《ほうちよう》で殺害し、逃走した。その男を追う間、書斎から押収した詩集を何冊か読んだ。その男も、ガリ版刷りの詩集を駅の構内などで売っていたが、あまりいい詩だとは思えなかった。しかし書斎にあった詩集は、高樹の心のどこかを揺り動かした。本屋へ入って自分で買ったのは、その男が逮捕された直後だった。それを、自室の本棚に立てた。

逮捕された男は、捨て鉢になって開き直り、詩人の名前を出しては、取調べの刑事を馬鹿にした。高樹が、その詩人の詩を暗誦《あんしょう》してやると、男はうなだれ、高樹にだけは率直になった。自分を養ってくれていた女房に男ができたので、自棄《やけ》になっていたのだ。同僚の刑事たちは、取調べのために高樹が詩集を読んだと思ったようだ。高樹が詩を好きなのだと思う者などいなかった。

その男が七年の懲役に行ってからも、高樹は本屋で詩集を買うことをやめなかった。高樹の部屋の本棚には、三十冊近い詩集が並んでいる。七、八冊は、翻訳された西洋の詩人のものでもある。

詩集を拡《ひろ》げたままいつの間にか眠りこみ、眼醒《めざ》めたのは夕方だった。

庭に出て、百回ほど素振り用の太い木刀を振った。かすかに汗が滲んでくる。

「晩めしだ。食うんだろう？」

縁から親父が声をかけてきた。親父は料理にも熱中していて、いろいろなものを作っているようだが、高樹が自宅で夕食をとることは週に一、二度だった。

「写真、見たのか、良文《よしぶみ》？」

「ああ」

「気は進まないようだな」

「俺が嫁さんを貰《もら》うと、父さんはいくらか楽になるのかな?」

「俺のやることを横取りされるな。台所からは、間違いなく追い出されそうな気がする。それはいまから憂鬱だ」

「俺は、まだ早いと思ってるよ」

「そうか」

親父との会話は、いつも短かった。高樹は、親父が作った料理に箸をつけた。熱中しているだけあって、いつも悪くないものを作る。

「庭に、バラの株を三本ばかり植えようかと思ってる」

「いいね」

「いまごろが、植えるにはいい時期だ。あれは手がかかってな」

「それもいいと思うよ。手がかかるものがあった方がいい」

「おまえも、作ってみないか?」

「なぜ?」

「面白そうだ。それに、おまえは朝戻ってきた時に、ひどい顔をしていた。俺は戦地で、おまえのような顔をした兵隊を何人も見たよ。みんな動物のようになっていた」

「忙しいんだ。人を殺したやつを追いかけてばかりいる。動物のような顔にもなっちまうだろうさ」

親父がバラ作りを勧める意味が、いまひとつ高樹にはわからなかった。ふだんは、庭の木などを勝手にいじると、あまりいい顔をしない。

「まあ、大事な芽を切って、どやされるのがいいとこだからな」

「本気で育てようと思えば、大事な芽を切ったりはしないものだ」

いつになく執拗《しつよう》だった。高樹は飯をかきこむと、箸を置いて腰をあげた。

「出かけるのか？」

「夜の張込みでね。昼も夜も眠っていられるほど、警察は暇じゃないんだ」

「バラ作りのこと、考えておけ」

高樹は新しいワイシャツに、くたびれきったネクタイを締めた。バラ、と呟《つぶや》いてみる。詩集を読み、バラを作っている刑事。自分でそれを思い浮かべても、滑稽だった。

駅前の公衆電話から、捜査本部に電話を入れた。

小林はまだ本部にいて、ついさっきまでは取調べをしていたらしい。

「じゃ、全部吐いたんですね」

「全部じゃない。自分が村松と須山を射殺したってことだけさ。動機は、それぞれとの金銭上の揉《も》め事だと言ってるが、周辺からそういう事実は出ておらん」

金で請負った殺人。雇主のことを、山中は喋る気がないようだ。

「明日の朝にゃ、身柄も送検だ。なにしろ、拳銃までちゃんと揃《そろ》ってるんでな」

「じゃ、俺はもういいんですか？」

「まあ、いいだろう。署長は礼を言いたがってたみたいだが」

「明日から、本庁に出ることにします」

小林の機嫌は、かなり回復したのだろう。捜査本部長の署長に、小林も礼などを言われたのかもしれない。

売店で夕刊を買った。山中が逮捕されたことが、かなり大きく出ていた。職業は飲食店経営になっている。アメリカのSW製の拳銃の入手経路を、警察では追及中とある。出ている写真は、山中が荒川署に連行された時のものだった。保田の顔が、山中よりも大きく写っている。

電車に乗った。

親父がバラを作れと言ったことについて、高樹は考えはじめた。窓ガラスには、吊革《つりかわ》につかまった自分の姿が映っている。無精髭を剃ったので、かなりましな顔だ。獣じみたところなど、どこにもない。

しばらく、高樹は窓ガラスの中の自分を見つめ続けていた。いつまで待っても、変貌するようなことはない。これが俺の顔なのだ、と高樹は思った。

乗換えの駅のホームに電車が入ると、窓ガラスからは高樹の姿は消えた。

4

それほど大きな店ではなかった。

扉を押すと、それでも店内の方々から女の声がかかった。入口で一度中を見渡し、高樹はカウンターの方へ歩いていった。

女が八人とバーテンとボーイ。店の総勢はそんなものらしい。客は、一番奥のボックスに三人いるだけだった。

「ビール」

スツールに腰を降ろし、高樹はバーテンに言った。

「女の子、呼びましょうか？」

「いや、ビールだけでいい」

バーテンの顔から愛想笑いが消えた。瓶とコップがカウンターに置かれる。冷えていないビールであることは、見ただけでわかった。自分でコップに注《つ》いでも、半分以上は泡だった。

高樹は夕刊を拡げた。店内は薄暗く、奥の席の客たちの顔はよく見分けられない。ありふれた流行歌が流れていた。

「ここ、佐久間さんの店じゃなかったかな、佐久間通？」

「社長を、知ってんですか？」

「この記事にあるバラックって、佐久間さんのものじゃないか。山中って連続射殺犯が逮捕されたバラック。あの土地、佐久間さんが二年前に買ったんだよな」

「いやなこと言うね。連続射殺犯だって」

それでもバーテンは、高樹が示した記事を乗り出して覗《のぞ》きこんだ。

「社長のものかどうかは知らないけど、なんで犯人はこんなとこに入りこんだのかな」

「記事には、なにも書いてない」

「ピストルで二人も撃ち殺すとはね。こいつ死刑になるね、多分。安保反対とか言って、学生が国会に突っこんだりする方が、まだましだな」

「佐久間さんは？」

「社長が店に現われるのは、三日に一度ってとこかな。今夜は来ませんよ。きのうの夜、見回りに来たばかりだから」

温《ぬる》いビールを口に運んだ。ウイスキーを飲むようにチビリとだ。飲み方を見て、バーテンはちょっと肩を竦《すく》めた。

「佐久間さんが持ってる酒場って、ここだけだよな」

「酒場は一軒だけどね。レストランがあるし、旅館もやってる。この店の女を誘《こ》う時は、その旅館にして貰いたいな」

「金は、誰に払えばいい？」

「女が欲しいだけか、お客さん」

バーテンが笑った。その笑みが、ボーイと眼が合った瞬間に消えた。

「金を払うなんて、お客さん、なに考えてんだい。女が欲しけりゃ、惚《ほ》れさせなきゃ駄目だよ。金でどうこうなるなんて、期待しちゃいけませんぜ。もっとも、金で靡《なび》く女はどこにでもいるけどね」

「レストランと旅館か。それに酒場とくりゃ、なんとなくまとまりがいいね」

「そばに呼んで、きちんと口説かなきゃね。お互いに好きになったら、それは俺が口を挟む筋合いじゃなくなるから」

「いくらだか、訊いてるだけだよ」

「わからない人だね。ここに、金で躰を売る女なんていない」

温いビールを、またチビリと口に運んだ。新しい客が二人入ってきた。女が迎え入れ、席に連れていった。高樹は、相変らず新聞を拡げたままだった。音楽が小さくなった。客が増えれば、ボリュームは絞るらしい。つまりは景気づけの音楽というわけだ。

「佐久間さん、あの土地になにを建てる気なのかな。旅館とか、そんなものじゃ駄目だよな。まわりは工場ばかりになるだろうし」

「そんなこと、社長に訊けばいいでしょう。俺はただの従業員なんだから」

「あの人に関心があってね。所有しているバラックに、連続射殺犯が隠れていたりね。面白いじゃないか。ほかにも、多分面白いことをやってるだろうと思ってね」

「お客さんね」

バーテンが、じっと高樹の方を見た。それから、首を振ってカクテルグラスを四つカウンターに並べた。二人の客が、景気よく女の子たちに飲物を奢《おご》りはじめたようだ。

「今夜なら、どこへ行けば佐久間さんに会えるのかな？」

高樹の声は大きかったが、シェーカーを振る音がそれを消した。

「用事なら、今度社長が来た時に、俺が伝えておきますよ」

カクテルグラスにシェーカーの中身を注ぎながら、バーテンが言う。もう相手にしたくないという表情が露骨だった。

高樹は煙草に火をつけ、夕刊に見入った。ビールは、まだコップ半分も減っていない。二十分ほど、バーテンと夕刊を交互に眺めていた。バーテンの年恰好は四十というところで、野卑な感じはあるものの、筋者の匂いなどは感じられなかった。むしろ、長身の若いボーイの方が、ひと癖ありそうな気がする。

「勘定をしてくれ」

「二千五百円」

「高いね」

「それがうちの勘定なんだ。文句があるなら、警察でも呼ぼうか」

「表の看板には、ビール五百円とあった。まあいいか。明細をきちんと書いた公給領収証をくれ。カウンターに、女の子なしで腰かけた場合というのも入れてな」

千円札二枚と、五百円札一枚をカウンターに置いた。ボーイの手がのびてきて、千円札を返してきた。

「なんだね、こりゃ。チップか?」

「カウンターのビールは、五百円なんです。バーテンが新入りなので、テーブルチャージまで頂いたのかもしれません。大変失礼をいたしまして」

慇懃《いんぎん》な態度の中に、かすかな凄味《すごみ》を漂わせていた。ちょっと頷き、高樹は返された二枚の千円札を財布に戻した。

コートを着て外に出る。

二分も歩かないうちに、二人組の男が前方を遮った。二人とも、まだ二十歳そこそこというところだ。三歩ほどの間を置いて、高樹も足を止めた。

「俺に用事か?」

「訊きたいことがあってよ。ちょっと付き合ってくんねえか」

池袋の繁華街のはずれである。人通りはかなりあった。

「わかった。歩きながらでも訊いてくれないか」

頷いた若い男のひとりが、ゆっくり歩きはじめた。もうひとりは、ちょっと遅れて付いてくる。

「なんだって『ロマンス』で佐久間さんのことを、しつこく訊いたりした？」

「ああ、あの店か。女の子を呼ぶほどの金もない。バーテンを話相手にしただけだが」

「バラックのことを、だいぶ気にしてたそうじゃねえか。なんで、あそこが気になるんだよ。社長はな」

言って、男が口を噤《つぐ》んだ。社長、と思わず口を滑らせてしまったようだ。

「新聞に出てるぜ。知らんのか？」

「そりゃ知ってる。それをわざわざ佐久間さんの店に来て、しつこく訊いた理由が知りてえんだ」

「まあ、なんとなくってとこかな」

「そんな返事で、俺たちが納得すると思ってんのか」

「俺は事実を喋ってる」

繁華街を離れ、国電の線路の近くまで来ていた。人の通りはあまりない。男はそれ以上訊こうとせず、わずかに足を速めた。

連れていかれたのは、倉庫と倉庫の間のようなところだった。国電が走り過ぎていくのが、すぐむこうに見えた。通りからははずれ、人に見られそうもないところだ。

「さすがに地元のチンピラだ。いい場所を知ってるじゃないか」

「勝手にほざくのも、そこまでさ」

二人だということが、男に余裕を与えていた。高樹は、コートのポケットから両手を出した。ピースをくわえ、マッチ二本を束ねて火をつけた。風が強い時は、火薬が燃えている間に素速く火をつける。火薬の燃える匂いが、高樹は嫌いではなかった。

「なんとか、金でケリをつけられないか？」

「ほう、金はなかったんじゃなかったのか」

「女を買う金はないが、自分の安全を買う金ぐらいはある」

「それでも、なんで佐久間さんのことを訊いたかは、喋って貰わなくちゃならねえよ」

「殴らないでくれりゃいい」

「額によるな」

高樹は、男のそばに近づいた。耳もとに口を寄せるような恰好をする。そのまま、ピースを首に押しつけた。わっと叫んだ男の股間を蹴りあげ、肘でこめかみを弾《はじ》いた。男が倒れる前に、高樹はもうひとりにむき直っていた。男が、頭から突っこんでくる。ひと呼吸置いて、高樹は寸前で男の突進をかわした。擦れ違いざま、首筋に肘を叩きこむ。つんのめる男を追い、後ろから股間を蹴りあげた。うずくまったところを、さらに四発続けて蹴りこむ。動かなくなった。

もうひとりが、立ちあがろうとしている。右腕をとり、肘の関節を決めた。逮捕術の中に、これはある。動こうとしない相手を、大人しく歩かせるためのやり方だ。関節を決めた男の方が、ずっと喋っていた。質問に簡単に答えてくれるかどうかは別として、この男の方がいろいろ知っていると、高樹は見当をつけたのだった。

「大人しく歩かなけりゃ、肘の関節が折れちまうぞ」

早足で歩くと、男は懸命に歩調を合わせてきた。見ただけでは、関節を決めているかどうかはわからない。男が二人、腕を組んで歩いているように見えるだけだ。

「どこ行くんだよ？」

「地獄にするか。それとも墓場がいいか」

「どういう意味だよ？」

「おまえの態度次第で、運命が変るかもしれんってことさ」

十分ほど線路沿いに歩いたところに、恰好の暗い空地があった。高樹は、男の手を後ろ手に手錠で固定した。

「刑事《でか》かよ？」

「手錠なんて、アメ横でいくらでも売ってる。それより、俺が訊くことに答えて貰うぞ」

「なにも知らねえよ」

言った男の顎に、肘を叩きこんだ。親父のコートはダブダブで、躰の動きをあまり邪魔しない。男は、仰むけに倒れたまま起きあがれずにもがいていた。

「名前は？」

言い方は穏やかだったが、一瞬でも返事が遅れると、鳩尾《みずおち》を思い切り蹴りあげた。

「名前だ」

「土原」

「佐久間との関係」

また蹴りあげた。土原がのどを鳴らして胃の中のものを吐き出した。そこをまた蹴りつける。

「やめてくれ」

「返事が遅れれば、こうなる。一秒も待たんぞ。訊かれたら、すぐに答えろ」

高樹は煙草に火をつけた。電車が空地のそばを通りすぎていく。光の帯のように見えた。それからまた闇。遠くに街の灯が見えているだけだ。

「佐久間との関係」

「社長だ。うちの社長」

「なんで、俺にヤキを入れようとした？」

「つまらんことを、ほじくってるやつがいるって、酒井から電話があった。ボーイだよ、

『ロマンス』の。社長が、ちょっといたぶってほじくり返す理由を訊いてこい、と言ったんだ」

「村松と須山を知ってるな?」

返事が遅れたので、鳩尾を蹴りつけた。なにか言いかけていた土原の口から、また吐《と》瀉物《しゃぶつ》が噴き出してきた。

「山中に会ったことは?」

「ない」

「村松と須山は?」

「使いに行ったことがある。村松さんの方だ。株をやってたんだ、社長。多分、そうなんだろうと思う。俺は、紙袋をひとつ届けただけだ。須山という男は、知らない」

「バラックのある空地、知ってるな?」

「あの土地のことで、社長が怒ってたことがある。十日ばかり前だ。なんで怒ってるのかは、俺らにゃわからなかった」

「いま、どこかと揉めてるか?」

「大下先生と。それで社長は、柳川先生にいろいろ相談してる」

「先生?」

「都会議員の先生だ」

「どんな揉め事だ」

「わからねえが、俺のダチがひとり、半殺しにされた。大下先生のとこにゃ、おっかねえのが揃ってるんだ」

「大下の部下か？」

「違う。やくざみてえなやつらさ」

山中とは大違いだった。土原が喋ったことのほとんどは、間違いないだろう。こちらが訊かないことまで、喋ってくれた。

「佐久間は、どこにいる？」

「事務所だよ」

「池袋だったよな。遠くないな」

「俺は」

「仕方ねえだろう。俺と関わっちまった。それを不運と思え」

高樹は煙草を捨て、土原の躰を引き起こした。

5

事務所の扉を開いて土原を押しこんだ。その後から、高樹はピースをくわえたまま入っていった。三人ばかりが立ちあがった。奥の応接セットでは、肥《ふと》った男がひとりこちらに顔をむけた。金の、カマボコ型の指環《ゆびわ》が眼についた。

「佐久間は？」

「なんだ、てめえは」

詰め寄ってきたジャンパー姿の男の胸ぐらを掴み、高樹は襟の中に煙草を放りこんだ。

男が叫び声をあげる。

「大人しくしてろ」

怒鳴りつけた。若い男たちの動きが停《とま》った。

「俺は、佐久間通に会いにきた。いるなら前へ出てこい」

奥のドアが開いた。中背の、四十歳ぐらいの男だった。どこといって特徴はないが、きちんとした背広姿の割りに、表情に野卑な感じがある。若い男が二人、その男を庇《かば》うように立った。

「佐久間さんか？」

「なんだ、いきなり？」

「土原を返しにきた。もうひとりは、ここへ戻ってはきてないようだな」

「てめえか、うちの店でいろいろ掘り返してたってのは」

「掘り返されて、まずいことでもあるのか？」

「ここまできた度胸は、買ってやろうじゃねえか。もっとも、馬鹿ってこともあるが」

「やくざだね、まるで。佐久間組なんてのは聞いたことがないが、事務所の構えから若い者の動きまで、まるでやくざだ」

「うちは、まっとうな商売をやってる会社だよ」

「そんなとこが、土原みたいのを二人寄越《よこ》すのか。まっとうな商売ってのは、ああいうことを言うんだな」

「もういい。ここにひとりで来たからにゃ、覚悟はあるんだろう」

若い男が、高樹の前に立った。土原は床に坐《すわ》りこんでいる。のびてきた若い男の手をふり払い、その鼻さきに警察手帳をつきつけた。

「警察《サツ》。こりゃ、警察の旦那だったんで」

「土原は、もうひとりと一緒に俺を襲った。それがどうもあんたの命令らしいんだな、佐久間さん。すでに土原の供述はとってある。こいつはどうも、法律的には面倒なことになるんでね。あんたにも、本庁まで来て貰わなくちゃならない。言っとくが、俺は所轄の刑事じゃない。本庁の捜査一課さ」

「うちの店で、私のことを気にして訊かれたという話だったんで」

「弁護士はいるだろうな。現職の刑事を襲わせたとなりゃ、腕っこきの弁護士でもどうしようもないだろうが」

佐久間の眼に、一瞬だけ殺気に似たものがよぎった。ここで襲われたら、ちょっと防ぎようがなかった。高樹は、佐久間の眼をじっと見つめた。刑事を襲わせるだけの度胸は、ないだろう。

「どうなさるんで？」

「あんたと二人だけで、話をしたい。その方が、あんたのためにもいいと思うがね」

「そうですか」

ちょっと考える顔をした佐久間が、かすかに頷いた。

「外がいい。この通りには、喫茶店なんかもあるようだし」

「それから私を逮捕なさるってことは？」

「二人だけの話に応じてくれたら、土原のことは忘れよう。ただし、土原のことだけだぜ」

もう一度、佐久間が頷いた。

高樹は、さきに外へ出た。コートを羽織って、佐久間は出てきた。

しばらく無言で歩いた。喫茶店の看板が見えた。外から見える店だ。ということは、中から外も見える。それに中年の女がひとりいるだけで、客の姿はなかった。指さすと、佐久間が頷いた。

「もっと腕の立つ、若い者を雇うんですな」

「まったくです」

六十円のコーヒーを、二人とも註文《ちゆうもん》した。それが運ばれてくる間、高樹はピースを喫《す》いながら佐久間を見ていた。

「今朝、連続射殺犯の山中を逮捕《あ》《げ》たのは俺でね」

「そうだったんですか。あそこは、私の所有してる土地でしてね」

「新聞じゃ、今朝の八時ごろ逮捕されたとある。ほんとうは、その六時間近くも前に逮捕していた。俺ひとりでね。あのバラックで、俺は六時間ばかり、山中と二人きりでいたんですよ。話をしたくてね」

「ほう」

「村松や須山を、恨みから殺したんじゃない、と睨んでた。犯人《ホシ》はプロだってね」

「新聞には」

「いまでも、山中は二人に対する恨みで殺した、と供述してますよ。さすがにプロだ。しかし、すぐ落とせる」

佐久間と眼が合った。佐久間の方がさきにそらした。

コーヒーを口に運ぶ。ミルクも砂糖も入れない飲み方を、二、三年前からするようになった。その方が、ほんとうのコーヒーの味がわかるような気がする。

「山中にも、弱いところがある。それは、調べりゃわかるでしょう。死刑になるかもしれないのに黙ってるのは、プロ意識だけじゃなく、守りたいものが別にあるんだ。そこを衝《つ》けば、山中は落ちる」

「なんです、それは？」

「調べますよ。すでに、山中の心の中には疑心暗鬼があるはずなんだ。俺が、それを注ぎこんどいたんでね」

「ほう」

「山中は、あんたに疑いを持ってますよ」

「そうしむけたわけですな、六時間もかけて」

佐久間は、砂糖もミルクも入れたコーヒーを、しつこくスプーンで掻き回していた。煙草は喫わないようだ。高樹の吐く煙が流れてくるたびに、いやな表情をしている。

「大下という都会議員と、揉めてるそうですね？」

「横車を押す方は、世間にもめずらしくありませんが、政治家の先生の横車となりますとね。私ら納税者は、自分の権利ぐらい主張するべきじゃないでしょうか」

「それも、別の都会議員に頼んでね」

佐久間の表情が、ちょっと動いた。

「警察にも、政治家の圧力がかかることがあるみたいですよ。俺がうるさくなったら、その都会議員を使って圧力をかけりゃいい」

「そうしなければならん、理由はなにもないんでね」

「そうしたくなったらですよ」

「まだ、お名前もうかがってませんでしたな」

「高樹。本庁捜査一課の若造です」

「憶《おぼ》えておきましょう」

佐久間の口調に、かすかだが威圧的な響きがこめられた。

自分がなにをしようとしているのか、高樹は考えた。山中が殺人の道具だとして、それを使った人間が、ほんとうの犯人ということになる。それを突きとめたかった。正義感からではない。偽物をくわえさせられて喜ぶ、犬のような獣になりたくないだけだ。

「ほかにも、訊くことがあるんでしょう？」

「いや」

「ないんですか。大した話というわけじゃなかったな」

「ただ、近いうちにあなたを逮捕しますよ」

「ほう」

「やはりね、山中だけを逮捕《あげ》るというのは、どう考えても片手落ちだ。だから、あなたを逮捕するつもりです」

「逮捕というのは、令状とか、いろいろ面倒なことがあるんじゃないですか」

「俺なりのやり方がありましてね」

「待ちましょう。お手並拝見ってやつかな」

「安心しない方がいいですよ。俺は、全部をあんたに喋ってるわけじゃない」

「そういう言い方は、全部喋ったと言ってるようなもんだ」

「趣味でしてね」

「なにが？」

「自分が狙った獲物を、じっくりと観察しておくことがね。今夜は、そのために時間をとって貰ったようなものです」

「で？」

「手錠を打たれる時、無駄な抵抗をするタイプの人のようだ。そう思いました」

「よろしいかな、もう」

佐久間がコーヒーを呷《あお》った。いいとも悪いとも、高樹は言わなかった。居心地悪そうに、佐久間は身動ぎをしただけだ。立ちあがるほどの、むこう気の強さはないらしい。

「御心配なく。ここは俺が払っときます」

「無銭飲食で逮捕されたくはないんでね」

佐久間は、十円玉を六つテーブルに置き、高樹とちょっと眼を合わせてから、決心したように腰をあげた。

「ピース、あるかな？」

中年の女に言った。女は頷いて、ピースをひとつ持ってきた。佐久間が残していった十円玉で、高樹は代金を払った。

「この音楽は？」

「モーツァルトですけど」

「ここは、こんな曲ばっかりかけているんですか？」

「流行歌をかけろとおっしゃるお客様もいらっしゃいますけど。どうも、あたしが好きになれませんで。別に繁盛しなくてもいいと思うと、気持も楽ですから」

「いいな。いいと思いますよ」

「クラシック、お好きですか？」

「いや、よく知らない。しかし、詩を思い浮かべるのに、とてもいい気がします」

「あら、詩を書いてらっしゃるんですか」

「詩人が、きちんと書いた詩ですよ」

「ここへ来て、お読みになればよろしいですわ。売れてませんけど、まだ卵みたいだけど、詩を書く人もお客様の中にひとりいらっしゃいます」

高樹は煙草をくわえた。

音楽に関心を持ったことは、あまりない。どこに行っても耳に入ってくる、流行歌を知っているという程度だ。

「御主人は？」

「戦死です」

「これは、失礼なことを」

「かけてますレコード、みんな主人が残したものなんです」

高樹は、窓の外の通りに眼をやった。まだ夜更けではない。人の通りは多かった。

「いつもモーツアルトとはかぎりませんのよ。ムソルグスキーの時もあるし、ショパンの時もあります」

「名前を知っている程度ですよ」

くわえたピースに火をつけ、高樹は百円札を出して腰をあげた。

冷たい風が吹いていた。

駅にむかって歩く間、佐久間について考え続けた。証拠もなにもない。それを、ほとんど犯人のように扱った。脛《すね》に傷がなければ、烈火のように怒ったとしても不思議はない。怒らなかったからといって、やましいところがあるのだともかぎらない。

匂いがあった。微妙に、高樹を刺激してくるものがあった。それが、真犯人《ホンボシ》の匂いというやつなのかどうか、自分でもよくわからない。

おかしなところを歩いている。そんな気分になった。やれと言われた捜査だけをやっていれば、ほんとうはいいのだ。楽でもある。こういう行為は、苦しく、しかも危険だった。下手をすれば、首が飛ぶ。

危険というものを、いつの間にか好きになってしまった。そんな気もする。定められた街だけを走り回る、犬のような生活に、自分のどこかが馴染まない。獣になった自分には、荒野というやつが必要なようだ。

心には、大きな荒野がある。決して他人に見せようとしないが、いつもそれを痛いほど感じる。そういう男が刑事になってもよかったのかどうか、考えはしなかった。

新宿へ行くか。声に出して呟いた。時々、酒を飲む。かなりの量の安酒だが、それでほんとうに酔うということはなかった。ただ、心のどこかに薄いヴェールのようなものがかかる。それで、いつも眼醒めているなにかも眠る。

第二章

1

強盗事件が待っていた。

顔を出すとすぐに班長に呼ばれ、その捜査にかかるように言われた。

難しい事件ではなかった。ただ、奪われた金額が百五十万と大きかった。やはり地元の所轄署と合同捜査である。

現場を見、関係者と話し、手口を分析する。それで、捜査が難しいかどうかはほぼ見当がついた。十件のうち九件は予測した通りの展開になる。一件だけ、予測とは違う方へ進んでいくのだ。

「山中っての、特攻隊の基地で、飛行機の整備をやっていたらしいな」

一緒に所轄署に派遣された松井警部補が、聞込み中に言った。松井も、強盗事件の方は人海戦術で片が付くと考えているようだ。

「特攻隊崩れってわけじゃなかったんですか」

「つまり特攻隊員じゃなかった。毎日のように、特攻を見送る側だったわけさ。そんなもんかもしれんと、俺は小林さんから話を聞いて思ったよ」

「特攻崩れなら、もっと刹那的で、戦後十五年も生き残っちゃいない、ということですかね」

「特攻崩れの犯罪者というやつならな。終戦直後は、特攻崩れと自分で言ってる犯罪者がよくいたらしいが、調べてみると大抵違ったそうだよ」

「山中の持物の中に、聖書と特攻隊員の遺稿集がありましたんでね。俺はてっきり特攻崩れだと思いました」

「そばで特攻を見ていたやつも、やっぱりつらく苦しいことだったんだろうと思う。山中は俺と変らない歳《とし》だしな。なんとなくわかるような気もしてくる」

午前中の聞込みだけで、捜査の対象はかなり絞りこまれた。襲われたのは衣料品の卸問屋で、内部事情に詳しいことがすぐにわかったからだ。二カ月前に首を切られた、二人の男が浮かんだ。足取りを追い、ひとりを見つけ出して締めあげると、すぐに自供した。夕方には、もうひとりも逮捕され、奪われた金は手付かずで見つかった。

「暮が近づくと強盗が増えるというのは、やっぱり雰囲気かな」

捜査一課に戻って報告を済ませると、松井はお茶を啜《すす》りながら言った。

高樹の班は、警部を班長とし、警部補二人、部長刑事ひとり、巡査三人の七人編成だった。班ごとひとつの事件を担当することもあれば、班長に命じられて、二人、三人と所轄署の応援に出かけることもあった。事件は多く、いつも飛び回ってばかりだ。

「親父が呼んでるぞ、高樹」

班長の坂本警部が入ってきて言った。

「俺と一緒に来いとさ。おまえの尻拭いかな、また」

「このところ、大したことをやっちゃいませんが」

一課長に呼び出されることは、よくあった。坂本警部が一緒の時は、大抵叱責を食らう時だ。坂本は、時折発覚する高樹の独断専行を、あまり嫌っているようではなかった。五十歳一歩手前の叩きあげで、刑事が自分で感じたことをやってみるのはいいことだ、と経験から考えているようだった。柔道家に特有の猪首《いくび》で、濁声《だみごえ》は人を威圧することもあるが、ふだんは相手に肚を探らせない、とぼけた表情をしている。ベルトはせず、いつも白っぽい不似合いなサスペンダーで、なにかひらめくと、それを引っ張ってはパチンと自分の腹に打ちつける癖がある。

一課長は坂本より歳下で、最近言われはじめたキャリアというやつだった。つまり、学歴が階級を三つばかり持ちあげている。

「山中のことだ、高樹」

机の前に立つと、一度書類からあげた眼を戻し、呟くように一課長は言った。

「犯行は自供した。証拠も目撃者も揃った。検察は、このまま起訴するだろうと思う」

「そうですか」

「暢気《のんき》な言い方だな。君はそれでいいのか」

「山中が罰を受けるのは、当然だろうと思っただけです」

「山中だけでいいのか、という話をしてる。君が独断で張込みをし、山中を逮捕《あげ》たことは小林君から報告を受けた。捜査本部に連絡を入れる数時間前に、すでに逮捕《あげ》ていたらしいと小林君は言ってる」

「夜中でしたし、非常呼集でみんなを起こすのも悪いと思いまして」

「それでも、署に連行することはできたはずだ。まあ、その数時間のことは不問にしよう。ただ、これで終ったわけじゃない」

一課長が書類を閉じた。

「坂本さんとも相談したことだが、真犯人《ホンボシ》を逮捕《あげ》たい。つまり、山中は雇われていたということだ」

雇主を逮捕《あげ》ろ、と言っているようだった。それも、高樹を呼んで命ずるからには、逮捕《あげ》るまでは正式の捜査にはできないということだろう。時間を見つけて、少しずつ探っていけということだ。ひとりでやろうと思っていたことに、一課長のお墨付きが与えられたようなものだった。

「ほかの事件の捜査からは、できるだけ君をはずすように坂本さんにも頼んである。手に負えないことがあったら、坂本さんに相談しろ。それだけだ。質問は？」

「ありません」

答えて、高樹は坂本とすぐに部屋を出た。

「よく、こんな捜査を許す気になったもんだ。びっくりしましたよ、俺」

廊下を歩きながら、高樹は言った。

「甘いな。なにかあっても、誰も責任はとらないってことだぜ、おまえ以外にな。それがちょっと大きくなると、おまえと俺だ。それで終りだよ。どんな場合でも、おまえと俺の責任で、一課長まではいかない」

「なるほどね」

「一課長が、なんで山中のことをもっと掘り返す気になったのか、おまえわかるか。山中のことは、そのままにしとけば終りなのによ」

「裏があるってことですか？」

「裏なんてねえさ。総監にそう言われた。総監のところに、なにか圧力があったんだろう。総監がそれに腹を立てたってわけじゃないぜ。圧力をかけてきた相手に、一応屈したと見せながら、隙があれば足を掬《すく》おうってんだ」

はしない。はじめからそう思っていた。つまり世界が違うのだ。

「圧力が別の方からかかれば、おまえをどこかの駐在に飛ばしてでも、やめさせただろうしな」

　高樹がひとりで動きはじめていることを、すでに知っているような坂本の口ぶりだった。圧力をかけられて不愉快な相手と、そのまま言うことを聞こうという相手が、総監にもいるということなのだろう。そして坂本は、その全部を不愉快に思いながら、仕方がないことだと諦めてもいる。

「どこからはじめる？」

「まず、被害者《ガイシャ》二人の関係を洗うことから。無関係じゃないって気はするんです。山中は、二人の殺しを、ひとつの仕事としてやってると思います」

「それから？」

「決めようがないです。あとは、ひっかかるものをひとつずつ手繰っていくしかない。山中とは会えますか？」

「大丈夫だろう、多分。適当な理由をでっちあげてな」

　山中の背後関係の捜査をしていることは、検察にも内緒というわけだろう。

「へえっ」

　高樹は、上層部の方にあまり関心を持ったことがなかった。彼らは現場のことを知り席に戻ると、小林が作った山中の供述調書の写しをしばらく読みふけった。供述した言葉の裏側のものを探ろうとする。動機は、借金を申しこんで断られたという恨みで、山中は小さな酒場をひとつ開こうとしていたのだった。村松とも須山とも、それぞれ個別の知り合いで、二人は酒場を開くことに賛成し金を貸す約束をしたのに、その場になったら断ったのだという。陳腐な恨みを作りあげたものだと思うが、もっと陳腐な恨みで、犯罪はいくらでも実際に起きていた。

外へ出た時は、もう暗くなっていた。

人の動きは忙《せわ》しい。あと半月ほどで今年も終る。

高樹は濠《ほり》のそばを歩いて有楽町の駅まで行き、そこで電車に乗った。

山中の背後関係で高樹が動いたのは、佐久間に対してだけである。佐久間が、警視総監に圧力をかけられるほどの大物とは思えない。佐久間の後ろに、大物が何人もいるのかもしれない。

上野で降りた。

人の群れに流されるようにして、改札口を出た。佐久間は警戒しているだろう。佐久間を洗うなら、まず敵対しているといわれる都会議員の大下だった。

村松と須山の関係を洗うと坂本に言ったことを、高樹は思い出した。どうせ、半分も信用してはいないだろう。坂本に報告する必要はなく、手に負えないものにぶつかった時に相談しろと一課長は言った。その相談という曖昧なことさえ、坂本は歓迎するかどうかわからない。

大下は下町を地盤とする都会議員で、上野を中心に手広く商売もやっていた。本庁で調べたかぎり、わかったのはその程度だ。

パチンコ屋へ入った。駅から少し歩くが、繁華街の近くの悪くない場所にある。玉を落としこみ、一発ずつ弾いていく。あまり好きではなかった。皿の玉を握っているうちに、掌が真黒になってしまうのだ。

いい台だったようで、十分ほどでかなり玉が出てきた。ツキはあるようだ。隣りの台から、景品買いが声をかけてきた。

「あと十五分、待ってくれるか？」

「そりゃいい。さっきまで、その台は全然出なかった。あんまり長くは続かねえぜ」

面白いように玉が出はじめた。皿に入りきらなくなり、木の箱に少しずつ移していく。それも一杯になった。もうひとつの木箱に半分ほど玉が溜ったところで、高樹は切りあげ、景品交換所へ行ってピースに換えた。

「ひと箱二十円だ、おい」

さっきの景品買いが、店の外で待っていた。学生のような男に百円札を三枚と十円玉をいくつか渡しているところだった。

「やめたよ、俺は」

「なんだと」

どうせピースは喫う。二十円で売った金で四十円出して買うのは馬鹿げてもいた。

「俺はここで、十五分待ってたんだぜ。いや十五分じゃねえ。二十五分だ。それをどうしてくれんだよ」

「悪かったな」

景品買いが、景品をどういうふうに回しているのかは知らなかった。パチンコ屋は大下の経営だ。景品買いが店の中で堂々と声をかけてきたところを見ると、こちらにも大下の息がかかっているのかもしれない。半額で買いあげた景品を、また景品交換所へ戻す。それならば、景品にかかる経費が半額で済むということだ。

「汚ない商売はするな、おい」

「ふざけんな。てめえ、俺をからかってんのか」

目論《もくろ》んだわけではないが、都合のいい事態になってきた。男の手が高樹の腕を摑み、路地へ引っ張っていった。高樹は抗《あらが》わなかった。パチンコ屋の裏手。通りからはもう見えない。男の手はまだ高樹の腕を摑んだままで、壁に押しつけてくるような力が加わった。

「汚ねえ商売とぬかしやがったな」

「四十円のものは、四十円で買え」

「おまえ、はじめっから俺に喧嘩売る気でいやがったのか」

「どうかな」

「大人しく、それを売りな」

ピースが三十個ほどである。考えてみれば、高樹の十日分の煙草代は浮く量だった。

「俺もケチだな」

「おい、売るのかよ、売らねえのかよ」

男のもう一方の手が高樹の胸ぐらにのびてきた。それを弾きあげた。パチンコ屋の裏口から、男が二人覗いている。

「来てくれ、ちょっと」

男が呼んだ。出てきた二人は、パチンコ屋の店員だった。やはり、店と景品買いが組んでいるようだ。にやにや笑いながら近づいてきた男は、二人ともまだ若かった。背の高い方の男の脛を蹴りつけ、もうひとりの顔の真中にパンチを叩きこんだ。倒れた二人を見て、景品買いの男はびっくりして口を閉じるのを忘れていた。

高樹は路地をゆっくりと歩いて、通りに出た。追ってきたのは、しばらくしてからだった。景品買いの男も含めて、五人いる。みんな店員のようだ。

「顔貸してくんねえかな、ちょっと」

人通りの多い場所だ。さすがに、いきなり殴りかかってはこなかった。

「うちの店員がひとり、顔じゅう血だらけになってるぜ」

「どうせ鼻血だろう」

「どうせって、よく言ってくれるじゃねえか。とにかく、ちょっと顔貸せよ」

「どこへ？」

「この先に、うちの事務所がある」

事務所と聞いて、高樹の気持は動いた。この際、大下の事務所がどんな雰囲気なのか、見物しておくのも悪くない。

両側を挟まれるようにして歩いた。大して遠い距離ではなかった。上野を歩くたびに、浮浪児だったころを思い出す。どうやって生きていくかということに、頭のすべてを使った。十三歳のころだ。油断すると、大人が子供の食料を奪うことさえあったのだ。子供であっても、牙を剝いていなければならなかった。

三階建のビルだった。連れていかれたのは、階段を昇った二階だ。まだ明りはついていて、事務員が二人帳簿を見ていた。佐久間の事務所より、ずっと堅気の感じがある。

ソファに坐らされた。スプリングが出かかっていて、坐り心地はよくなかった。

「なんだって、乱暴したんだね？」

「やらなきゃ、やられると思ったんでね」

質問してきたのは、一番年嵩《としかさ》の男だった。それでも、高樹と大して変りはしないだろう。いきなり殴ることもなさそうだ。拳銃は携行していなかった。銃を持っていれば、こんな無謀な真似はできなかっただろう。奪われれば、とんでもないことになりかねない。

「いやがらせじゃないのかい？」

「俺は、景品を売りたくないと言っただけだよ」

「売ると言ったじゃねえか、てめえは」

景品買いの男が叫んだ。こいつだけは、いまにも殴りかかってきそうな形相だ。

「一個二十円と聞いて、気が変ったのさ」

「いくらなら、売る気だったんだね」

年嵩の男が、机の下から椅子を引いてきて、高樹とむき合って腰を降ろした。ほかの連中は出て行き、景品買いとその男だけが残った。

「まあ、四十円ならな」

「おい、常識で考えてくれよな。四十円で買ったって、こっちはなんの商売にもならないじゃないか」

帳簿を見ていた二人は、顔をあげてじっとこちらに眼を注いでいる。高樹はピースに火をつけた。アルミの灰皿が差し出された。

「とにかく、うちの者に怪我をさせてくれた。それをどうしてくれる」

「出てこなきゃよかったのさ」

「そんな問題じゃないだろう。怪我だって、大したことはないが、したくてするわけじゃないんだ」

「どうすりゃいい？」

「名前は？」

「そりゃ、困るな。ここは警察かね」

「警察に連れていったっていいんだ」

「困るんじゃないのか。店が景品買いをしていることが、すぐバレちまうぜ」

「なんだとっ」

男が入ってきた。茶色のスーツ姿で、鞄《かばん》を持った若い男が後ろに付いている。男は、じっと高樹の方へ眼をやった。高樹は腰をあげた。止めようとした景品買いが、横へ吹っ飛んだ。

2

高樹の話を聞き終えると、大下は一度にやりと笑った。

今夜、大下に会おうとは思っていなかった。会う時は、締めあげるものをいくつか持って、なにかは吐かせようと思っていた。しかし来てしまった。これはこれでチャンスだろうと、高樹は腰をあげたのだ。

「あんた、俺にどうしろってんだ。抗議してるようにも聞えたが」

高樹はピースに火をつけた。部屋の外には、まだ三人立っているはずだ。テーブルを挟んで腰を降ろした大下が、じっと高樹に眼を注いできた。大きな眼だ。顔も躰も大きい。

「俺は、無理矢理ここへ連れ込まれたんだ。抗議してもいいだろう」

「言いがかりだな。うちの若い店員を殴ったんだろう。もうひとりは脛を蹴っ飛ばした。手を出したのはそっちじゃねえか」

「店の景品買いの値段が安すぎる」

「うちの店に、景品買いなんていねえさ。どこにいる？」

「そういう論法か」

「よう、若《わけ》えの。俺は忙しいんだ。この時間まで飛び回っていて、やっと戻ってきた。つまんねえ話なら、俺じゃなくてもいいじゃねえか」

「議員さんだろう、あんた」

大下の服のバッジに眼をやって、高樹は言った。大下は表情を動かさなかった。煙草をくわえ、高価そうなライターで火をつけただけだ。

「俺が議員だからって、そんな言いがかりが通用すると思ってるのか。舐《な》めるんじゃねえ。若造に脅されるほど、俺は老いぼれちゃいねえぞ。わかったら、今夜は帰んな」

「帰してくれるのか？」

「つまんねえことを、やってる暇はねえ」

高樹は煙草を消した。大下が、また高樹にじっと眼を注いできた。

「何者《なにもん》だ、おまえ？」

「あんたの店の客さ」

「俺はキャバレーを二軒、バーを一軒、パチンコ屋を二軒、持ってるよ。ほかに建築会社をひとつやってる。どこの客だ？」

「どこにしようかな」

「俺に会うのが目的で、ゴタゴタを起こしやがったのか？」

「そう見えるかね」

「わからねえ。少なくとも、ピース三十個ぐらいで、人を殴る男にゃ見えねえんだ」

「あんたに、恨みを持ってるのかもしれん。村松とか須山とかいう名に、思い当たることはないかね？」

大下が、眼を閉じた。そうすると、眼の前の脂ぎった男は、急に老人臭くなった。

「二人とも、俺のダチさ」

「殺されたみたいだね。逮捕された犯人は、ただの恨みだって供述しているようだが」

「なにしに、ここへ来た？」

「話をしようと思ってさ」

「つまり、俺に会いにか？」

「退屈だったんでね」

高樹は腰をあげようとした。

「待ちな」

「もういいんだ。帰してくれないか」

じっと見あげてくる大下の眼は、高樹のなにかを測っているようだった。睨み返した。合った眼を、大下はそらそうとしない。長い時間だった。

「村松と須山が殺されたのに、おまえ、なにか関係してるってのか。もしそうなら、ただじゃ済ませねえぞ」

「議員さんの言うことかい、それが？」

「バッジなんて、どうでもいい。バッジをはずすのが怕《こわ》くて、俺がなにもできねえと思ってやがるのか。おまえが山中とかいう男の仲間なら、俺がこの手で締め殺してくれるぞ」

「俺は、いまは帰して貰いたいだけだよ」

しばらく、大下は考えるような表情をしていた。

「帰んな」

「ああ」

高樹は、ドアの方へ歩いた。背中に大下の視線がからみついてくる。

「名前だけ、訊いておこうか」

「高樹」

「無茶やって、命を縮めるな。何者《なにもん》だか知らねえが」

「脅してるのかね？」

「脅すくらいなら、はじめからぶっ殺す。それが俺のやり方だ」

「じゃ、忠告ってわけだ。ありがたく戴《いただ》いとこう」

部屋を出た。応接室に使われている部屋らしい。三人が待っていて、鞄持ちが入れ替るように部屋へ入っていく。

「帰してやれ」

ドアから首だけ出した鞄持ちが言ったので、二人の男は大人しく道をあけた。

強い風の中に出ると、高樹はコートの襟を立てた。十時半を回ったところだ。

酒場が並んだ通りに入り、そこを歩いていった。まだ人は多い。店の入口に立って、客引きをしている女もいた。

一軒の店の前で、高樹は足を止めた。『孔雀《くじやく》』。そういう看板が出ていたからだ。引きこまれるように、高樹は扉を押した。

ごく普通の店だった。職業柄、客に暴力を振ったりして大金をまきあげる店は、見ればわかる。色気を売り物にしている店もだ。そのどちらでもなかった。静かで、音楽も低く流れているだけだ。

カウンターの端に、高樹は腰を降ろした。

「ハイボール」

「ウイスキーは、なんにいたしましょう?」

バーテンの言葉遣いは丁寧だった。ほかに女の子が三人いるだけだ。

「国産の、安いやつでいい」

酒棚には、スコッチも何本か並んでいる。赤いベストにボータイという三十年配のバーテンは、手際よくハイボールを作ってカウンターに置いた。小さな皿に盛ったピーナッツも出される。

「あんたが、マスター?」

「とんでもない。私はただの雇われバーテンです」

「いい店だ。ハイボールの作り方も悪くない」

「そうですか。かき回しすぎるとソーダのガスが飛ぶので、それだけ気をつけています」

「水で割ったウイスキーになっちまうわけだ」

高樹の言葉に、バーテンはにっこりと笑って頷いた。女の子を呼ぼうとも言い出さない。カウンターの客は、ひとりで飲むことになっているらしい。

ピース。バーテンがマッチの火を出す。やわらかそうな掌が、炎に照らし出されていた。

ボックスの席に客が二人いて、女の子は全部そこについていた。静かな客で、時々笑い声が聞えるくらいだった。

「景気は？」

「まあ、水商売と申しますから」

「女の子の質によって、ずいぶんと客の入りが変るもんだそうだね」

「そりゃ、まあ、お客様でそれを求めておられる方もいらっしゃいますし」

「女の子は、あんたが選んで雇うのかい？」

「みんな、募集を見て来た女《こ》ですよ。一応経営者が面接しますが」

それ以上、話の接ぎ穂がなかった。話を続けたくもない。それでも高樹は店の雰囲気が気に入っていて、二杯目のハイボールを頼んだ。

不意に、躰がなにかを感じた。

耳から入ってきた音が、全身に伝わったのだということが、しばらくしてわかった。スツールの上で、高樹は躰を固くした。いらっしゃいませ、という女の子の明るい声が聞えた。ああ、と答えた声は、高樹の想像よりずっと低かった。また、口笛が聞えてきた。

「スコッチだ。いつものやつ」

その声も、やはり想像より低かった。

ピースに火をつけ、高樹は男が次に喋るのを待った。隣りの席の客の声と入り混じって、よく聞きわけられない。長いままの煙草を消した。

低く、口笛を吹く。時間が停ったような気がした。

二度目に吹いている時、背後に人の気配を感じた。口笛が重なってくる。ふりむいた。眼。変っていない。

「十三年、いや十四年か」

幸太の方が、さきに口を開いた。

「二人合わせて、二十六」

「そうだ。俺たちは、二人で大人だった」

幸太が、高樹の隣りのスツールに腰を降ろした。女の子が、戸惑ったように立ち尽している。

「酒は、こっちへ持ってきてくれ」

　幸太が、それだけ言った。

「田代さん、お待ち合わせでしたか？」

　バーテンが口を挟む。幸太は、ただ頷いただけだ。

「ここは、静かでいい」

　言いながら、幸太が煙草をくわえ、ライターで火をつけた。いがらっぽいような、しかしどこか懐しいような匂いのする煙が、高樹の方へ流れてきた。箱を見たが、知らない煙草だった。

「ゴロワーズってんだ。フランスの煙草さ」

　一本勧められ、高樹は火をつけた。やはり、煙に懐しいような匂いがある。

「ここは？」

「はじめてさ。通りがかりに、名前に引っ張られるようにして入った」

「そうだよな」

　幸太は、スコッチをストレートで飲んでいた。高樹の前にも、ショットグラスのストレートが置かれた。

「生きていたんだ、お互い。おまえはともかく、俺も生き抜いたよ、良《よし》」

「そうだな」

ショットグラスのスコッチが空になるまで、しばらく無言だった。スコッチは、闇市で幸太と売ったのと同じ銘柄だった。

「なにやってる、良？」

「刑事だ」

「なんだって。そりゃ」

幸太はしばらく口を閉じ、それから笑いはじめた。

「刑事か。なるほどな。おまえにも、自分が怕くなる時があったんだな」

高樹が警察官という職を選んだ時の心境がわかるのは、多分幸太だけだろう。高樹は、二杯目のスコッチを口に放りこんだ。

「ありゃ、夢さ。俺たちが闇市で暮してたころのことはな。俺にとっちゃそうはいかなかったが、おまえにとっちゃ夢さ」

「おまえは、いまなにを、幸太？」

「小さな事業をやってるってとこか。景気はよくねえ」

それでも、幸太はぴしっとした背広に身を包んでいた。羽ぶりが悪そうではない。

「ひとつ、おまえに言っておかなきゃならんことがある」

「なんだ、幸太？」

「結婚した」

「それは、おめでたい話じゃないか」

「里子とさ」

「そうか。そうなのかもしれないな。うまく言えないが」

「三つになる倅《せがれ》がいる」

「おまえの息子なら、もう手に負えなくなってるだろう」

「和也って名前をつけた」

忘れたくても、忘れられる名前ではなかった。弟。高樹と幸太の弟だった、と言ってもいい。幼いくせに、男になろうとして死んだ。屍体を埋めた場所も、高樹はよく憶えている。

和也を死なせたのは自分だ。思い出すたびに、そう思っていた。ほんとうに殺した相手は、高樹が射殺した。十三の時だ。

「息子にゃ、和也って名前をつけなきゃならねえと思ったんだ。里子はいやがったが」

「俺は、まだ結婚していない」

「刑事《でか》じゃな」

「来てくれる相手がいないってことか」

「忙しいだろうってことさ。焼跡なんてのはほとんどなくなっちまったが、警察はあのころより忙しそうだ」

三杯目のスコッチも空いていた。

「口笛が、ただの音じゃないような気がした。躰に響いたんだ」

「俺は、たまげたぜ。じっと背中を見ていたら、良だってわかった。ちょっとくたびれてはいるが、良だってな」

「二人で二十六。つまり、二人でひとりだったたってことだ」

「会ってよかったのかどうか、俺にゃわからねえ」

「誰にも、わからないさ」

「おまえ、刑事になっても変ってねえな。いつも、どこか大人っぽかった。そのくせ、俺がびっくりするような無茶もやりやがる」

「変ったさ」

「いや、変ってねえと思う」

「変るもんだよ、人ってのはな」

「逆だと、俺は思ってるよ。人ってのは案外変らねえもんさ。特に、自分が思ってるほどにゃな」

幸太が、またゴロワーズに火をつけた。孔雀か、と高樹は呟いた。はじめに焼跡でねぐらにした工場の焼跡を、孔雀城と名付けた。子供だったのではない。自分たちのねぐらでさえ、子供同士の遊びの時のように呼ばなければ、押し潰されてしまいそうな気がしたただけだ。

孔雀城は半地下で、工場の建物ではなく、物置のように使われていたものだったのかもしれない。はじめは、幸太と高樹だけだった。やがて、仲間も増えた。

いろいろとあった。いまではそう思う。飢えればなんでもやる。人間とはそういうものだという気がする。大人も子供も、変らないのだ。

あのころのことを、複雑な記憶として高樹は心に刻みつけていた。忘れたくはない。いや、忘れられはしない。

手が汚れていた。誰の手も、汚れていた。高樹は、自分の手を他人の血で汚した。あれは夢ではない。夢と思うことなど、許されるはずがない。

「ほかの連中は、どうなったか知らねえ。明や哲もな。知ろうとも思わなかった。おまえのこともさ、良」

「俺も同じだ」

「里子は、時々あのころの話をするよ。自分の生んだ子が和也って名前なんで、ちょっとしづらそうだけどな」

幸太も、忘れていない。忘れてなぜ、和也という名前を息子に付けるのか。死んだ和也を生き返らせたいという思いが、そうさせたのではないのか。

「刑事って、なに扱う刑事だ？」

「捜査一課ってやつだ。殺人とか強盗とかだな」

「本庁の？」

「ああ」

「やっぱり優秀なんだ、おまえは。あのころおまえがいろいろ考えなかったら、俺たちゃやくざの三ン下になるしかなかった。毎日毎日が、度胸と頭の勝負だった」

何杯目かのストレートを、幸太が呷った。顎の横にひと条《すじ》、切られた痕がある。別れたころはなかったものだ。

「静かなところで、こうやって酒が飲める。不思議な気がすることがあるぜ。飲んでもいいんだろうか、と思ったりもする」

「いいのさ、幸太。生き抜いてきた。そういうことなんだ」

幸太が差し出したゴロワーズを、高樹は一本とった。火をつける。いがらっぽさが、いつの間にか消えていた。音楽が変った。変っても、やはり高樹にはなんだかわからなかった。むこうの曲というやつだ。

「済まねえな、良。俺はあと五分ばかりで、ここを出なきゃならねえ」

言って幸太は、メモに電話番号を書いて差し出した。

「俺の家だ。電話でもしてみてくれ。里子のやつ、たまげるぜ」

「俺は」

「おまえのはいい。刑事だしな。つまり、おまえに預けるってことさ。また会って、こうやって飲むかどうか、おまえが決めりゃいい。あの時分も、こうやって預けて、何度助かったかわからねえしな」

手。肩にかかった。かすかな力がこめられている。幸太は立ちあがっていた。ふっと、肩から重さが消える。幸太はもう、扉にむかって歩きはじめていた。

まだグラスに残っているウイスキーを、高樹はしばらくチビチビと飲んでいた。鼻唄。自然に出ていた。不意に、わけもなく涙がこみあげそうになった。泣いてしまえばいいんだ。自分に言い聞かせる。しかし、束の間《つかま》こみあげた涙は、すぐに消えていった。

「音楽を、変えてくれないか」

バーテンに言った。

「なにがお好みでしょう」

沈黙。そう言いそうになった。十数年前の、闇の中の沈黙。

「日本の曲がいい」

頷いたバーテンが、レコードをとめた。奥の席の話声が聞えてくる。

3

出かけようとしていたところを、松井警部補に呼びとめられた。

「小林さんが、きのうの晩から捜査に入ってること、知ってるか？」

「いいえ」

松井も出るところらしく、コートを摑んで一緒に歩きはじめた。

「殺しだがね。どうも、村松や須山と関係がある人間がやられたらしい」

「関係といいますと？」

「具体的なことは、わからんよ。小林さんも、おまえに言う気はないだろうしな。一応伝えておこう。俺は、面白がってるだけだが、小林さんはなにか意地になってる。それを表面に出す人じゃないが」

「山中を勝手に逮捕《あげ》ちまったことでですね」

「あの人の成績もあがった。しかし、それで喜ぶような人じゃない。成績よりプライドの方が大事って人だからな」

玄関で別れた。高樹はそのまま、小林がいるという現場にむかった。渋谷円山町《まるやまちょう》だ。いま高樹が動ける材料は、なにもなかった。山中を雇ったのが佐久間だ、という推測の根拠は、材料にならないほど小さい。カンだけで動くより、確実な意図をどこかで摑んだ方がよさそうだ。

現場は、しもた屋ふうの家で、警官が二人入口に立っていた。

高樹を認めた小林が、早足で近づいてきた。相変らず愛想のいい表情をしている。

「俺の応援か、高樹？」

「ここ、小林さんの現場ですか？」

「とぼけるな、おい。なにを探りにきたか、見当はついてるぞ。被害者《ガイシャ》は能村《のうむら》安夫。金貸しってとこかな。ひと突きでやられてる。腹を刺して、そのまま上へ抉《えぐ》りあげたってとこだ。簡単にできることじゃねえな」

「刃物、ですか」

「能村の、なにに眼をつけてるんだ、高樹？」

小林は、やはり愛想のいい顔をしていた。訊けばなんでも教えてくれそうだ。この顔に騙《だま》されて自白した犯人が、数えきれないほどいる。これも、刑事の顔のひとつの典型というやつだろう。

「なんとなく、ここに行き着いちまったんですよ。能村が殺《や》られてるとは思いませんでした」

「確かに、山中に殺られた二人は、能村からかなりの融資を受けてた。だからって、山中と関係があると匂わせるものはない。偶然ってとこかな」

「俺が、なにを当たってるか、小林さん、知ってるんですか？」

「山中の背後関係。そんなもん、おまえが課長に呼ばれた時から、見当がついてる。俺は、あの事件は山中で終りにするべきだ、という意見だよ。山中がプロなら、背後関係がもしわかったとしても、証拠なんてもんは残しちゃいねえさ」

「でしょうね」

「それでも、課長の命令ってやつか」

「命令されたわけでもないです。時間があれば、念のために当たっておけってことでしょう。ほかに事件があれば、そっちへ回されますよ」

ほかの事件は、すでに山積していた。捜査員の数が不足しているくらいなのだ。高樹が言ったことの無意味を、小林はよくわかっているだろう。相変らず、笑っているだけだ。

「能村が、山中に殺られた二人と関係があると、おまえに教えたのは誰だ」

「事実ってやつですよ。能村は、俺が眼をつけてる人間と密接でしてね」

「それは？」

「佐久間ですよ。例のバラックのある空地、全部佐久間のものでしてね」

「なるほどな。筋は通ってる」

検屍がようやく終ったところらしい。現場は事務所に使われていて、デスクが二つと電話があった。書類らしいものは、デスクにいくらか積みあげられているだけだ。

「犯行は、昨夜の十一時から十二時の間。二時ごろやってきた事務員が発見者だ」

「二時とはね」

「上に住込んでる」

屍体は運び去られていった。血はそれほどひどくない。床に血溜りがあるぐらいだ。急所にも、出血がひどいところとそうでないところがある。

「書類、見てもいいですか？」

「ここでならな。一応、全部押収することになってる」

すでに、調べられた後のようだ。金庫の方は、中身がなかった。

「金貸しが、金を持ってないんですか？」

「金庫は、はったりってやつだろう。中身は運び出したが、金は入っていなかった」

借用証などは、多分金庫の中だったただろう。奪われてなかったとしたら、小林は最初にそれを運び出したはずだ。

封筒の中身や、郵便物の差出人を何人か、高樹は頭に入れた。

「家族は？」

「女房がひとり。正式の女房だが、三十も歳下だ。遺産狙いの犯行と、所轄は断定しようとしていた。事務員と女房が、どうもできてたみたいでな」

高樹の肩を、小林が軽く叩いた。ここからはもうなにも出ない、という意味なのだろう。ちょっと頭を下げ、高樹は外に出た。

小林が、すべてを教えてくれたわけではないことは、わかっていた。山中と結びつく重要な線があったのかどうか、小林の愛想のいい顔からはやはり読めない。ただ、なにか大きな動きはある。すべてが終ったわけではなく、あるいははじまったばかりなのかもしれない。

村松と須山と能村。この三人は、同じ目的のために消されたのか。それとも、村松、須山と、能村はどこかで分離して考えるべきなのか。

能村の事務所で頭に入れた、いくつかの名前に当たってみるしかなかった。捜査本部は渋谷署に設けられているから、そこの捜査員と鉢合わせすることは充分に考えられた。それで捜査本部から苦情も出るはずだ。当然ながら、課長も坂本もとりなしてくれない。警察手帳をひけらかすやり方は、避けた方がいいだろう。

はじめに訪ねたのは、世田谷の不動産屋だった。二番目は、白金《しろかね》の屋敷だった。三番目が品川の機械工場。ひっかかるものは、なにも出なかった。もっとも、突っこんだ聞込みはしていない。ものを尋ねるふりをして、その人間と、内部の様子を窺《うかが》ったという程度だ。捜査本部の刑事も、どこにも現われていなかった。

村松、須山が消され、山中が逮捕されたあとに能村が消された。同じ目的なのなら、プロを二人用意していたということになる。それは可能性が少ないのではないか、と高樹は歩き回りながら考え続けた。とすれば、能村は別の目的で消されたのか。

プロの殺し屋など、そういるものではない。しかし皆無ではないことも、わかりはじめていた。暴力組織と関係ないところで、殺人を職業としている者が、わずかながらいる。そのうちの何人かは逮捕されているが、殺し屋としてではなく、恨みや行きずりの喧嘩の果ての殺人ということになっている。逆にいえば、恨みや偶発的な喧嘩と逮捕した側も信じきっている者の中に、職業的な殺人者が紛れこんでいることも考えられた。

四番目に回ったところで、刑事らしい二人組を見かけた。芝の増上寺のそばだ。小さな会社だが、そこから出てきた二人が慌てていた。

しばらく間を置いて、高樹はその会社に入っていった。

「うちの者が、来ませんでしたか?」

手帳を示して言う。

「急いでるんですがね。緊急に連絡しなきゃならんことがあって」

印刷会社で、工場も併設されている。能村のところの印刷物を引き受けているだけの関係としか思えない。

「なにか、あったんですか?」

五十年配の社長が、身を乗り出すようにして訊いた。

「ほかで、重要参考人が見つかりましてね」

「へえっ。能村さんが亡くなったと聞いて、びっくりしてたとこですよ。せっかく新しい会社を作ろうとしてたとこなのに」

「刑事さんたち、それを言うと飛び出していったんですがね。大下っていう都会議員を中心にして、大きな仕事をする会社を作るって話でしたよ」

「新しい会社？」

「じゃ、うちの者は、大下という都会議員のところへ？」

「さあ、それはわかりません。大下って名前を言ったら、飛び出して行かれただけですよ、正確に言うと」

「村松と須山という名前に心当たりは？」

「知りませんね」

礼を言って、高樹は外へ出た。これ以上のことを訊くと、訝《いぶか》しがられるだろう。

能村は、この印刷会社で、新会社の書類でも印刷させようとしていたのか。しかし、なぜ大下の名前まで知っていたのか。勝山印刷。高樹はその名前を頭に入れた。

大下は事務所にいた。

応接室には、ほかに二人の刑事を連れた小林も腰を降ろしていた。これほど素速く小林がやってきているのは、はじめから大下に眼をつけていたからか。しかし山中がそれを匂わせたとは、どうしても思えない。

「高樹か。あんまり捜査の邪魔はせんでくれよ。こっちはこっちなんだ」

「お互いさまですね」

「なんでえ、知り合いかい」

大下が言った。高樹は、ちょっとだけ頷いて見せた。村松と須山は大下と友人関係にあった。それは昨夜聞いた。能村は、大下と新しい会社を作ろうとしていたという。それだけを考えれば、大下が犯人《ホシ》ということは考えにくい。

大下と揉めている相手として、浮かびあがってくるのが、佐久間だった。しかし、大下と揉めているなら、なぜ大下を消さないのか。

「いま、こちらが訊きたいことを訊いてる。ちょっとはずしてくれるか」

「いいですよ。しかし、その人とは俺の方が小林さんよりずっと古いですよ」

「だから？」

「別に邪魔したわけじゃないってことです。用事があって訪ねてきたら、たまたま小林さんがいた」

「わかった。邪魔したとは思わんよ」

「部屋の外で待ってます」

小林が大下に眼をつけていた。それは動き方で、ほぼ確かだと考えていい。山中が吐いたとはやはり考えにくかった。とすると、密告《タレコミ》があったということか。小林は、山中の背後関係も含めて、犯人《ホシ》を挙げようと意地になっているのかもしれない。そこに、大下という名前が浮かびあがってきた。

考えは、なかなかまとまらなかった。ただ、ぼんやり見えてきたものがある。もうしばらく動けば、それがはっきりしてくるかもしれない。

十五分ほどして、小林は応接室から出てきた。愛想のいい顔で、ソファに腰を降ろして待っている高樹に近づいてくる。

「そっちはどうなんだ、高樹。山中は、自分の犯行以外、ほとんどなにも吐いてない。プロの仕事をしたってわけさ」

「だから、苦労してますよ」

「俺も苦労しそうだ、能村の件じゃな」

「ここの先生は、能村とはかなり深い関係があったんですか？」

「共同事業の計画があった。つまり、金が絡んだ関係だ。俺はそう見たが、それ以上のことは、ここの先生は喋っちゃくれなかった」

カンでは動こうとしない小林が動いた。やはり、密告《タレコミ》があったと見るべきだろう。

「おかしな事件ですね」

「というより、いやな事件だ」

小林は、二人の刑事を連れて事務所を出ていった。

もともと、小林と関係が悪かったわけではない。山中逮捕の件で、意地になっているだけだ。そうしむけたのは、自分のやり方のせいだ、と高樹は思うしかなかった。一連の事件に関し、小林は摑んだ事実を高樹に伝えようとしないだろう。

「刑事《でか》だったのか、あんた」

「まあ、そういうことです」

「考えてみりゃ、そんな感じはあったよな」

応接室から出てきた大下は、大きな眼で高樹を睨みあげてきた。

「社長室へ来な。応接室にゃ、しばらく入りたくねえ。いやな匂いがこもってやがる」

大下が、別のドアを開けて高樹を請じ入れた。狭い、デスクがあるだけの部屋で、壁に扇風機が取り付けてある。

「名前は？」

「高樹」

「そいつは、ほんとだったのか」

「ほかのことは嘘《うそ》みたいな言い方だな。俺はほかに、なにも喋っちゃいませんよ」

「俺に、なんで関心を持った」

煙草に火をつけ、大下が言った。デスクには、電話のほかにはなにもなかった。

「なんとなく、匂いがしましたんでね」

「匂いか」

大下が声をあげて笑った。首筋のたるんだ皮膚が、ぷるぷるとふるえている。

「俺のカンは、当たることが多くてね。バラックで山中を張っていて、逮捕《あげ》たのも俺ですよ」

「そうか。そうだったのか。じゃ、礼を言わなきゃな。村松と須山の仇《かたき》を討って貰ったようなもんだ。俺がそれを知ってりゃ、山中って野郎をぶち殺してやったとこだがな」

「かなり親しかったんですか、二人とは？」

「そりゃ、弟分みてえなもんだった。特に須山はな。上野が焼跡のころから、一緒に生きてきたようなもんさ。やつは新橋の闇市で手広くやってた。俺は上野にいて、やつの商売の援助をしてやってたんだ」

「村松と須山も、親しかったんですか？」

「顔見知りって程度だろう。それも俺を介してな。村松は、いつか証券会社を作ろうと思ってた。その時、俺は社外の役員で力を貸してやるはずだったさ」

「能村は？」

「一時、俺と共同事業をやる話が進んだ。駄目になったがな。村松や須山ほど、俺は親しくなかったよ」

大下が、どの程度ほんとうのことを喋っているのか、よくわからなかった。なんとなく、嘘はついていないという気はする。

「村松と須山を、まとめて消すことで、得をする人間というのは、思い浮かびますか？」

「知らねえ。大体が、人を殺そうってのが間違ってる。やつら、俺とは親しかったが、人に殺されるような悪《わる》でもねえしな」

「あんたが、まるで悪だっていう言い方ですよ」

「俺は悪さ。殺されるぐらいの恨みは買ったかもしれねえ」

「あんたを恨んでる人間の心当たりは？」

「昔のことだ。十五年もな。あのころは、いろいろあったさ。いまじゃ、俺も小悪党に成り下がってる」

「佐久間通と、揉め事があったそうですね」

「あの野郎も、小悪党だな。小悪党同士の揉め事ってやつだ」

「それに、村松とか須山とか能村も絡んでいた？」

「関係ねえよ、やつらにゃ」

「俺が山中を逮捕《あげ》たバラックの建っている土地、全部佐久間のもんですよ」

「知ってる」

大下が煙草を消し、代りに高樹がピースをくわえた。事務所の方で、電話が鳴っている。応対する声も、かすかに社長室まで聞えてきた。

「もういいだろう、刑事さんよ。俺ゃ、なんとなくあんたのやり方が気に入った。特に、きのうのやり方がな。大抵は、手帳を突きつけてくるもんさ。きのうのあんたは、俺と同じような匂いを持ってたよ」

「荒っぽい連中も、抱えてるそうですね？」

「パチンコ屋はともかく、キャバレーの方じゃゴタゴタすることがよくあるんでな」

「そいつらが、佐久間のところの若い者《もん》に焼きを入れたんですか？」

「お互いさまさ」

　ぼんやりと見えているもののかたちは、相変らずはっきりしない。ただ、見えていることは確かだ。大下と喋っていることで、それがはっきりするだろうか。

　高樹は腕時計に眼をやった。午後五時半を回っている。

「事務所、六時までですか？」

「いや、五時さ。今日は残業をさせてる。上野じゃねえとこに、でかいキャバレーを作ろうと思ってな」

「御発展ですね」

「からかってんのか。高が酒場の親父じゃねえか。てめえが駄目になったと、俺は思うよ。十五年前の勢いが、なくなっちまった。戦争が終って、さあこれからが自分の人生だっていうような意気ごみがな。学生どもが安保反対なんて騒ごうと、平和ってやつが続きすぎたのよ」

「混乱期にのしあがる人間ってのは、いるみたいですね。大下さんもそういうタイプなのかな」

「もういい。帰んなよ。いつまでも刑事《でか》の無駄話に付き合ってる暇はねえ。昔は、面白いと思った野郎とは、朝まで飲んだりしたもんだがな」

「俺の話が、無駄話じゃなかったら？」

「そりゃそれでいいさ。俺にとって、無駄な時間ってことよ」

「なんで、議員なんかになったんです、大下さん？」

「その方が、商売がやりやすいと吹きこんだ人がいてな。いま思うと、俺の牙を抜くために議員にしたんじゃねえかと思う。窮屈なもんさ」

もう用はないというように、大下が軽く手を振った。

高樹は腰をあげ、社長室を出た。事務所では、五人の事務員が机にむかっている。どこから見ても、忙しいだけの当たり前の会社だ。見かけほど、大下は荒っぽい仕事はしていないのかもしれない。あるいは、これが表面の顔で、裏には別の顔があるのか。

駅前の食堂で、カツ丼と味噌汁《みそしる》の夕食をとった。十三歳のころ、ここで一杯の雑炊を食うために、言葉では言えないほどの苦労をした。いまは、カツ丼程度なら、刑事の給料でも我慢する必要はない。場合によっては、ビール一本を飲んでもいいのだ。

師走の宵の口は、人で一杯だった。十四年前に較《くら》べると、ビルなども数えきれないほど建っている。中には、十階建ほどのデパートも見える。

しばらく、雑踏の中を歩いた。鼻唄。いつかくちずさんでいた。なぜだ、と思う。当たり前だという気もする。仲間と仲間の合図。幸太と高樹は、それで仲間であること以上のなにかも、確かめ合っていたと言っていい。口笛に変えた。不意にものがなしい気分に襲われ、高樹はすぐに口を閉じた。

4

違うバーテンだった。

昨夜のバーテンより年嵩だった。もの腰もやわらかい。撫《な》でるようにグラスを磨いていた。

「ウイスキー。国産の安いやつだ」

表情も変えず、バーテンはショットグラスにウイスキーを注いだ。昨夜のバーテンももの腰はやわらかだったが、口数がいくらか多かった。今夜は、いらっしゃいませという言葉をかけられただけだ。

「きのうの人は？」

「バーテンですか？　一日交替ということになっております」

「なるほど。じゃ、きのうの人とは、どこで会えるのかな？」

「なにか？」

「別に大した用事はないけど、ちょっと気になってね」

「ほかの店のカウンターに入っております」

それで話を打ち切るように、バーテンはさりげなく横をむいた。最初の一杯を、高樹はひと息で呷った。グラスの底でカウンターを軽く叩いて音をたてるまで、バーテンは二杯目を注ごうとしない。

「田代は、よくここへ来ますか？」

「お知り合いですか？」

「きのう、偶然ここで会った。ずいぶん奢られちまってね」

「時々ですね。いつも、ひとり静かに飲んでおられますよ」

なぜ『孔雀』に来てしまったのか。池袋の佐久間をちょっと張ったが、動きはなかった。目立ちすぎると、また圧力が来るだろう。課長に呼ばれたのは、佐久間と話した翌日だった。つまり、山中の背後関係を佐久間は探られたくない、と思っている。佐久間以外に、関係者に会ってはいない段階なのだ。

佐久間が、総監に圧力をかけられるほどの大物とは思えない。佐久間の背後に、さらに誰かいるということか。そこまで手をのばすことに、高樹はためらいを感じていた。面倒なことになるのは、眼に見えている。おまけにどこかの駐在に飛ばされるどころか、首が飛びかねないことになる。

佐久間にかかわることに、やはりうっとうしい思いがある。怯懦《きょうだ》に似たもの、と言ってもいいだろう。あって当然だった。保身の本能は、誰にでもある。

「この店、なんで『孔雀』というのかな？」

「さあ。戦争直後からここにあったと聞いてますが」

「まあ、酒場らしい名前ではある」

バーテンは、やはり話に乗ってこない。ボックス席の方から註文があったカクテルを、見事なシェーカー捌《さば》きで作って見せただけだ。

やはり、心のどこかで、幸太に会いたがっているのだろう、と高樹は思った。仲間。そう呼べる存在は、高樹の人生には幸太しかいなかった。すでに、連絡さきもわかっている。その気になれば、会うことも簡単なはずだ。ただ、それを止めているものがある。会うな、と耳もとで囁《ささや》くものがある。それで、偶然を期待してこの店へ来てしまったのかもしれない。

四杯飲むと、高樹は勘定を払って店を出た。女の子を呼ばないかぎり、大して高い店ではなかった。

自宅へ戻ったのは、十一時すぎだった。

親父は寝床でラジオを聴いていた。隣り近所でもテレビのアンテナが目立つようになっていたが、高樹の家にはない。親父が欲しがらなかったからだ。親父は昼間は家の回りで働き、夜は早い時間から床に就いてしまう。その代り、朝は夏でも冬でも五時だった。

高樹は、風呂に入ると二階の部屋へ籠り、蒲団に潜りこんでリルケの詩集を拡げた。テレビを買ってもいい、という気持にはなっていた。親父は、物を欲しいと言ったことがなかった。なぜそうなったかは、わからない。高樹が中学や高校のころは、逆に欲しいものが沢山あって、帰りの遅い日など、親父は大抵品物を見て回っているのだった。冷蔵庫や洗濯機や掃除機など、ほかの家庭と較べても早く揃った方だろう。遠慮をしているのだろうかと、高樹は時々考えてみる。そうだとしても、朝だけ顔を合わせることの多い高樹には、どうしようもないのだった。

いつの間にか眠っていて、眼醒めたのは朝だった。味噌汁と生卵と沢庵《たくあん》の朝食。食器は、流し台の水に漬けておく。

本庁に顔を出すと、すぐに資料室の隣りの部屋に行った。デスクに、伝言のメモが置いてあったのだ。

「高樹です」

言って、戸を開けた。老人にしか見えない男がひとりいる。五十四で、高樹が捜査一課に配属された時は、十数人いる班長のひとりだった。二年前警部のまま第一線を離れ、資料管理の仕事をするようになった。定年まで、多分このままだろう。若い高樹はよく怒鳴られたが、それがかわいがられていたのだと、いなくなってからわかった。独断専行を、機と周囲の状況を見てからやるようになったのも、この大島警部のおかげと言っていい。

「おまえが知りたがってたことだ」

大島は、数枚の書類をデスクに放り出した。調べものを頼むと、いやな顔をする。実は表情だけで、ほんとうはいやがっていないのだと高樹にはわかっていた。ただ、事件の概要は説明し、しばらくは大島の講釈も聞かなければならない。

「こんなことも、調べられんのか、おまえ」

「まあ、警部にお願いしておけば、ほかの話も聞けるかもしれないと思いましてね。主要な目的は、そっちの方ですよ」

扱い方はわかっていた。第一線から遠ざかっているとはいえ、戦前から三十年近い経験も持っている。捜査というのは、要するに人をどう見、どう分析するかにかかっているのだ。

書類には、九州の島の名前が書かれていた。特攻隊の出撃基地になっていた島だ。

「山中と佐久間は、つまり」

大島が頷いた。痩せた面貌で、時折光る眼は猛禽《もうきん》を思わせた。現役のころ、その眼で何人もの犯罪者がふるえあがるのを、高樹は何度も見ていた。

「山中を雇ったのが、佐久間とは思えんな。それなら、佐久間はもっと大物になってる」

山中と佐久間は、特攻隊の基地で一緒に勤務していた。切っても切れない縁、と言ってもいいだろう。

「山中が、殺しを職業にしていく過程に、俺は非常に関心があるがね。まあ、それは事件と直接関係ない。俺の隠居仕事として考えてみるし、場合によっては調べてみる」

「佐久間の親分が誰かってことですね。一応、柳川という議員の名前はお伝えしておきましたが」

「都会議員だろう。小物だな。バックの大物が誰かわかれば、この事件の姿はかなりはっきりする。ただ、おまえにそれをやらせたくないな。俺もいやだ。せっかくここまできて、退職金や恩給を棒に振りたくない」

「考えてみれば、反吐《へど》が出そうな汚ない事件ですね」

「犯罪にもいろいろあるが、政治家の絡んだやつは最悪だ」

「佐久間を逮捕《あげ》る方法がないかどうか、やってみますよ」

「山中の方からだな。その方が無難だ」

資料管理の仕事に移ってから、大島は五十本近く喫っていた煙草をやめた。やることがなくて、禁煙したという感じだった。高樹も、大島の前では煙草を慎んでいる。

「もう御存知でしょうが、能村って男が消されましてね」

「殺伐たるもんだな」

「俺はきのう、大下に会いましたが、能村についちゃ大して頭に来たようでもなかったですよ」

「おまえ、どこかで田代って名前を聞かなかったか？」

不意を衝かれた。背中に汗が滲み出してきたが、表情の変化は隠しおおせたと思った。幸太の名前が、なぜこんなところに出てこなければならないのか。会いたいという気持を、どこかで抑えていた。なにか予感のようなものがあったからか。

「田代、ですか」

「俺が調べたかぎりじゃ、どうも大下には田代って男がついてる。二年ばかり前、大下と佐久間は派手にやり合う寸前までいったらしい。やくざまがいの喧嘩をだぞ。ところが、田代が佐久間を抑えてる。心配するな。全部電話で調べたことだ。俺に情報をくれてた連中は、大抵まだ現役でな。この歳になれば、歩き回るのはしんどい。頼まれても、そんなことはせんよ」

「田代ってのは？」

「はっきりはわからんな。まだ若いらしい。新興やくざってとこかもしれんが、そっちの方の資料にもない」

「そうですか」

「まあ、おまえは佐久間と大下のやり合いだと思ってるようだが、そんなもんじゃなさそうだな。もっとでかい。うまく立ち回ろうと思うなら、適当なところでお茶を濁して、終りにしちまうことだ」

「考えてみます。うまくいったって、成績になるような仕事じゃないですし」

総監が、どういうつもりで圧力に抗して捜査を進めろと、課長に言ったのかはわからない。警察の使命を考えてそうした、などというきれい事を信じる気はなかった。それなら、非公式の捜査などにはしないはずだ。極秘であっても、正式の捜査ということになるだろう。

高樹が掘り出した事実を、圧力をかけてきた相手に対する切札にしようと考えているのかもしれない。大物の弱味を握るというのは、総監からさらに上を望む時、有効な武器になるに違いなかった。

圧力で捜査を中止させられた経験が、高樹にはすでに二度もあった。上層部の、圧力に対する態度を、それから信用しなくなった。

「おまえはどうも、おかしなところへ首を突っこむことが多いな。星みたいなものと言ってもいいが、俺は事件にむかい合った時の考え方だと思う。全部を見ようとする。それじゃ一課の刑事《でか》は勤まらんよ。血で手を汚したやつだけを見てりゃいいんだ」

「そうですよね、まったく。性分ってやつなんですかね」

「星さ。避けても避けても、そういうところに首を突っこんじまう。そんな刑事《でか》を、俺も何人か知ってる。ひとりも、職を全うしなかったよ」

「そうですか」

「忠告してるんだぞ」

「わかってます」

「ほんとうにわかるのは、警察手帳を取りあげられてからだな」

適当な受け答えをしていたが、高樹の頭の中は、田代という幸太の苗字《みようじ》で一杯だった。幸太のところだけは、避けて通れない。理由もなく、そう思った。

「ありがとうございました。また、報告に来ます」

言って、高樹は暗く湿った大島の狭い部屋を出た。

席へ戻ってからも、高樹は幸太のことを考え続けていた。

大下は、上野の闇市で派手に商売をしていたという。きのう会ったばかりの大下の言葉が、ひとつひとつ蘇《よみがえ》ってきた。そこで幸太と会ったとしても、なんの不思議もない。親父が復員してくることがなかったら、高樹が会ったかもしれない相手でもある。やくざ者としてのしあがってきても不思議ではない性格を、幸太が持っていることを高樹は誰よりも知っているつもりだった。そして、幸太のような男は、やくざ者として生きるしかないような時代だった。

それでも、幸太は新興やくざのリストにも載っていないという。大島が調べたことだから確かだろう。

何本も、煙草を喫い続けた。たとえ幸太がやくざであったとしても、自分がそのなにを責められるというのか。高樹は、焼跡と闇市のあの生活から、親父が復員したことによって、ひとりだけ脱《ぬ》け出したのだった。脱け出すまでに、手を血で汚した。偶然手に入れていた米軍のコルトで、和也を死なせたやくざ者を撃ち殺しもした。

あのころは、獣だったのだ。幼く、弱々しかったが、心は獣だった。強い一頭の獣になるために、幸太と組んだ。幸太が獣であり続けたとしても、それはもうひとりの自分の姿ということになるのではないのか。

じっとデスクにむかってはいられなくなった。なにをしようという具体的なあてもなく、高樹は街に飛び出した。行先を決めたのは、電車に乗ってからだ。

池袋。中年の女主人がいる喫茶店に入った。高樹を憶えていたらしく、かすかな笑みで迎えられた。相変らず、クラシック音楽が流れている。

コーヒーを一杯飲んだ。午前十一時。窓から見える外は、人の往来が多かった。

「電話、ありますかね、この近所に？」

「外の通りにボックスが」

高樹は、席にコートを置いたまま腰をあげ、外へ出た。

「社長は？」

応対に出たのは、若い男だった。

「おたくは？」

「山中の友人だ、と伝えてください」

しばらく待った。電話口のむこうでは、男の話声がかすかに続いていた。

「佐久間だ」

「やあ、一課の高樹ですよ」

「ほう。山中の友人というお話でしたが」

「友人になりましてね」

「どういう意味でしょうか？」

「山中が、いろいろ喋るようになったんです。これまで、自分の犯行についてしか喋ったことのなかった山中がね。まだ背後関係について喋っちゃいませんが、時間の問題でしょうな」

「それが私とどういう関係があるんです？」

九州の南にある島の名を、高樹は口にした。佐久間が一瞬なにか言いかけ、言葉を呑みこむのが、はっきりと感じられた。

「検察に、特攻出身の副検事がいるみたいでしてね。それとずいぶん長く話し続けているそうですよ、佐久間中尉」

「関係ないな」

「この際、肩肘を張らずに、俺を相談相手に選ばれた方がいい、と思いますがね。検察じゃ、政治家だって手出しはできません」

「どういう意味かな」

「山中は、現金《ナマ》を三百万持ってました。逮捕しても、数時間俺とやり合っていたのは、いくらで折合いをつけるかということでね」

なにを喋っているのだ、という思いが一瞬高樹を襲ってきた。

すぐに忘れた。心がひとつに集中していこうとする。それがなんなのか、高樹は考えもせず喋り続けていた。

佐久間の、途切れ途切れの応対。なにかを測り、考え続けている口調だった。

5

車に乗りこみ、高樹はピースに火をつけた。

佐久間が、露骨にいやな表情をして、窓を全開にした。

「俺も、運転だけはできるんですがね。捜査になかなか車を使わせては貰えません」

「あんたが刑事だってことで、俺は出てきたんだがね」

「刑事《でか》だって、自分の車を持ちたいって気になる時もありますよ。車だけじゃなく、預金通帳の数字の桁をひとつあげたいとかね」

車は、すでに池袋を抜けていた。

「用件を早く話してくれないか」

「まあ、俺は急いじゃいませんでね。佐久間さん、犯人《ホシ》は二十四時間警察で調べると、形式上は検察の管轄になると知ってました？」

「知ってるさ、そんなこと」

「今回はね、自供が早かったんで、その形式はきっちりと守られてます。山中の背後関係の捜査は、上の方の判断でやらなくなったんですがね。いま、検察は別な考えを持ちはじめたってとこでしょうか」

「それで」

「なにか出れば、捜査は警察がやることになります。多分、逮捕した俺がね。検察の要請ってことなら、上の方の判断も覆るということになる」

車は、人のいない方へむかっていた。高樹が指示した通りの道を走っている。ハンドルが左にある、アメリカの高級車だった。

「俺は、佐久間さんを逮捕するネタを摑むかもしれない。摑まないかもしれない」

「あんたの肚ひとつというわけか。すぐには信じられないな」

高樹は計器盤に眼をやっていた。

「でも、検察は間違いなく、特攻隊の方から、山中を崩していきますよ。副検事と山中は、泣きながら話してるそうですから」

運転をしながら、佐久間が考えこんでいることはわかった。時折、ギアを二速からあげるのを忘れ、エンジン音が大きくなる。

「あんたを信用できるって保証は？」

「お互いさまだと思うな、それは」

「保証がいるよ」

「逆に、俺の弱味を握ることにもなるでしょう。金が折り合ったら、領収証を書くってことでどうですか」

十字路の左の方を高樹は指さした。佐久間は黙って左へハンドルを切っている。

「ほかに、どういう保証が欲しいのか、言ってくれませんか」

「この道は？」

「あんたの土地へ行く道です。あのバラックが建ってる土地へね」

「なぜ？」

「まあ、山中を逮捕したところではあるし」

しばらく、沈黙が続いた。家並みが途切れ、工場や倉庫が多くなってきた。

「山中に、優秀な弁護士を付ける」

「あんたがですか？　山中がなんで逮捕され、いまなにを疑われているか、わかってるでしょう。あんたがそれをやれば、自分から山中を雇ったと申し出るようなもんだ」

人家がなくなった。

バラックの五十メートルほど手前で、佐久間は車を停めた。

「考えさせてくれないか」

「いくらでも、考えりゃいいさ。ただ、時間はない。山中がすぐにあんたのことを喋るとも思えないが、背後関係の捜査は再開されるはずですよ。総監への圧力なんて、今度は見当違いのもんだ」

「わかってたのか？」

「そりゃね。あの事件の関係者で、俺が会ったのは、あんただけだ。それから俺は別の事件にかかった。戻ってきたら圧力だ。あんただってことは、馬鹿でも見当がつく」

「俺が、警視総監に圧力なんかかけられると思うかね」

「まずいことは、今度の背後関係の捜査は、あんたの背後関係まで含まれるってことだ。ある日、検察庁から、あんたのボスにお呼びがかかる。あまりぞっとしないでしょう」

手錠を出し、高樹はハンドルにかかった佐久間の手首に打ちこんだ。

「いやなもんだろう、手錠の感触ってやつは」

「はずせよ」

もう一方の手錠を、高樹は自分の手首にかけた。それからピースをくわえる。流れてきた煙を、佐久間は不快そうに空いている方の手で払った。

なにをやろうとしているのか。自分に問いかけてみる。こんなことが、許されるのか。高樹の内部にいる、まともな警察官が言いはじめる。手。血で汚れている。それも、自ら選んで汚したのだ。誰に強制されたわけでも、そうしなければ自分の命が危険だったわけでもない。

俺はもう一度、あの時の獣になることができるのか。高樹の頭を次第にそれが占めはじめた。手は、血で汚した。しかし、心まで汚しはしなかった。

「降りようか」

「さきに、この手錠をはずせ。いい加減に、ふざけるのはやめにしないか」

「これは、悪党がしているもんだよ」

ドアを開け、高樹は強引に手錠を引いた。どうやれば手首を締めつけるか、よくわかっている。佐久間は、釣られた魚のように、右側のドアから這《は》い出してきた。

「はじめから、おまえだった。いま、そう思うよ。はじめから、おまえを叩けばよかったんだ。俺は、どこかで怯《おび》えてた。警官の倫理なんかじゃない。ただ怯えて、自分を守ろうとしていたんだ」

　バラックにむかって歩いた。獣。もう一度取り戻すのに、こんな恰好な場所はない。

「なぜだ。おい、高樹、なぜこんな真似をする」

「嫌いなんだな。理不尽な力を振って、でかい顔で世間を歩いていくやつが」

「俺が、いつ」

「御託はいい。黙って歩けよ。手首からさきに血がいかないように、締めつけてやろうか」

「後悔するぞ」

「そんなもの、戦後のどさくさの中で、とうになくしちまったね」

　バラックの扉を蹴破った。

　自分の手首から手錠をはずし、後ろ手に柱に腕を回して、佐久間を繋いだ。

　一度バラックを出て、佐久間の車を目立たない場所に移動した。工場の建築現場には、かなり人がいる。

　バラックの外で、煙草を一本喫った。その間、ずっと考え続けていた。やっていいことなのかどうか。それではない。佐久間を、どうやって落とすか。どうやって、すべての口を割らせるか。

　鏡がある。そこに自分が写っている。田代幸太としてだ。予感。いや、確信といってよかった。この事件に、幸太がからんでいる。あるいは、必ずからんでくる。それをやめさせる気はなかった。獣として生きてきた。幸太はそうだろう。獣を捨てろ、と自分に言う資格はない。むしろ、幸太と、もう一度獣として出会えるかどうか。鏡の中の自分と、ここにいる自分を重ね合わせることができるかどうか。

短くなった煙草を捨て、踏み潰した。

佐久間は、入ってきた高樹にじっと眼を注いでいた。

「俺が訊くことに、全部答えろ」

「後悔するぞ、高樹」

「おまえを、はじめに締めあげなかったことを、後悔しているかもしれん。後悔ってもんが、俺の中に残ってるとしたらな」

「こんな方法で俺に喋らせても、なんの証拠にもならねえからな」

「証拠ってのはな、まともな人間を裁く時に必要なもんだ」

高樹は、佐久間の足もとにしゃがみこんだ。靴と靴下を剝ぎ取る。やけに白い足だった。バラックの中は、方々の隙間から光が入ってきて、眼が馴れると細かいものまで見てとれる。

土間の土を掻き集め、高樹は佐久間の靴下に詰めた。拳ほどの土の塊。振り回し、佐久間の頭に打ちつける。

「これを、ただの靴下とは思うなよ、佐久間。しばらくすると、おまえは一生靴下なんかを穿《は》きたいとは思わなくなる」

「高樹。言っとくが、俺はこれでも戦争じゃ命を捨てた男だ。特攻に行く躰だったのさ。一度は死んだと思ってる。おまえになにをされても、喋らんと決めたものは、絶対に喋らん」

「下種《げす》は、どこまでいっても下種だな、佐久間中尉さんよ。特攻だってのか。ただの整備部隊の中尉が。自分の手で整備した飛行機で、何人も、何十人も特攻に送り出しただけだろうが」

また靴下を頭に打ちつけた。五度ばかり続ける。

「山中は、送り出す側だった自分を、恥じてたのさ。それで、自分の中のなにかを狂わしちまった。送り出す自分を思い出すたびに、許せなくなったんだろう。あいつは、殺人を請負って、人を殺すたびに、自分を殺してたのさ」

靴下。佐久間の頭。十数度、殴りつけた。大して強くはないが、佐久間の顔の色は変りはじめている。これも、特高出身の老人に聞いた方法だった。この方法はほとんど死なず、しかもすべてを吐き出す。憎らしいと思った相手にはこれだ、と老人は言った。孫がやってきて老人の膝に坐ったのは、その直後だった。老人は相好を崩し、孫の頭を撫でていた。

人間がそんなふうに変れるものか。高樹はそう思ったものだ。

「これはな、佐久間」

高樹は土を入れた靴下を、佐久間の鼻さきに突きつけた。

「はじめは、なんだこんなもの、と思う。大して痛くもないしな。何度もやられているうちに、しつこさがうるさくなる。そうなってきたら、脳ミソがぶっ毀《こわ》れる寸前なんだ。すぐに耐えられなくなる。意志がどうのという問題じゃない。耐えきれないんだ。そして、頭の中のものを全部吐き出す」

「やくざより、質《たち》が悪いな、おまえ」

「俺を、ただの刑事《でか》と思わないことだ。確かに、手帳を持ってる分だけ、やくざより悪い。そういう刑事《でか》も、たまにはいるのさ」

靴下。頭。佐久間の額に、かすかに汗が浮いている。眼も、落ち着きを失っていた。

佐久間は、懸命に考えているはずだ。なぜ、こんなことになったのか。なぜ、後ろ手で柱に繋がれ、なぜ打たれ続けているのか。それが、やがてわからなくなる。そして、聞かれたことに、なんでも答える。

特高出身の老人は、まるで自分が打たれたことがあるように、打たれる者の心理状態を詳しく話してくれた。

人間を毀す方法は、いくらでもある。毀す人間と、毀される側の人間がいる。

自分はどっちだったのか。高樹は、ふと考えた。十数年前、どこかが毀されたのではないのか。毀されたまま、普通の生活に戻り、刑事になってしまったのではないのか。

和也。子供であった高樹や幸太より、さらに子供だった。七歳。心が毀されることを拒んで、死んでいった。死ぬことで、高樹や幸太の仲間であろうとした。そして、男であろうともした。

「やめてくれ」

佐久間の声だった。どれほど、佐久間の頭を打ち続けていたのだろうか。

「まだ、そんな段階じゃないぜ」

「やめてくれ。言うよ、全部言う」

「駄目だな。おまえは、このまま廃人になっていけ。おまえから訊くことは、なにもない」

「よせ。知りたいことは、なんでも教えてやる。だから、よせ」

仲間。十三歳の少年にとって、それはなんだったのか。七歳の少年にとっては。命。同じもの。いや違う。命とは、別のものだ。命よりも大事なものを、あの時持っていたような気がする。確かに持っていた。それを忘れた。置き忘れたのか。それとも、無意識に消してしまったのか。

鏡の中の幸太。そして自分。何度も浮かんでは消えた。

「かんべんしてくれ」

佐久間の声だった。水を浴びたように、全身が濡れているようだ。

「田代幸太を知ってるか？」

「知ってる」

「どんな男だ？」

「手強《てごわ》い。何人か、手下を持ってる。みんないい腕だ」

「なんの腕が？」

「いい腕なんだよ。うちの若い者《もん》を五人、十人とぶっつけても、簡単に撥ね返される。鉄みたいな連中だ」

「なんの仕事をしてる？」

「知らねえ。大下とも近いが、もっと上の方と近いんだと思う。一度だけ、大下と俺がぶつかった時、やつは出てきたよ。一度きりで沢山だね、あんなやつにぶつかるのは」

「やくざか？」

「違う。ふだんは、事業をやってる。酒場とか、アパートだとか」

「それで？」

「それだけだ。大下とぶつかった時、気がついたら、田代が俺の前に立ちはだかってた。それからは、押そうが引こうが、なにもかもビクともしやがらねえ」

「田代のボスが大下じゃないのか？」

「違う。違うと思う。田代は大下を立ててるが、ボスはほかにいると思う」

「どういうボスだ」

「知らねえ。一度探ろうとしたが、こっぴどい目に遭わされた。山中は、田代も狙ったんだぜ。はじめに狙ったのが、田代だった。隙がなかったみてえだ。次に大下。そしたら、やっぱり田代が出てきた。山中が殺ったのは、雑魚《ざこ》ばっかりだ」

「雇ったのは、おまえだな？」

一瞬返事をためらった佐久間に、高樹はまた靴下を打ちつけはじめた。佐久間が首を振る。打つのは同じ場所だった。脳ミソを叩き出す。教えてくれた老人は、そう言ったものだ。

あの老人は、拷問の方法を執拗に高樹に教えた。ただの自慢だけでなく、現職の刑事にもそういう拷問をやる仲間が欲しかったからではないのか。こうして靴下をふり回していると、そういう思いが強くなる。

「死んじまうよ。死んじまう。頼むから、やめてくれ」

「雇ったのは？」

「俺だ」

「いくらで？」

「全部で、三百万。山中は、その金を香典にしちまうんだ。特攻で死んだやつらのな」

「全部というと？」

「大下、田代。その二人だ」

「村松と須山は？」

「大下と田代は、無理だった。代りの雑魚だ。いつか、大下と田代を殺るって約束で」

「村松と須山を殺ることで、なにか効果があったのか？」

「ぶつかってる。事業で。大下とだ。何年か前まで、俺は大下と組んでた。だから、なにかやるたびに、ぶつかる。村松と須山は、それぞれ別の方面から、大下の事業にからんでた」

「それを潰すために、消したってわけだな」

「ほんとは、大下と田代だ。あの二人がいなけりゃ」

「能村は？」

「多分、田代がやらせた。大下に対抗して、候補者を立てようとしてたからな。それで、大下と能村は悪くなってた」

「そんな事実、出てないぜ」

「内緒だった。直前までな。それでも、大下は嗅ぎつけていたと思う」

「なるほどな。おまえらの世界も、やくざより質が悪いじゃないか。てめえで躰を張ろうとしない分だけ、卑怯でもある」

「喋ったよ。俺は全部喋った」

「一応はな。これから、細かいところを全部喋るんだ。山中とどういう関係で、どんなふうにして雇ったかとか、雇ったのは誰の命令だったのかとか、そんなことも含めてな。断っとくが、これからの靴下はつらいぞ。一発一発の、どこで廃人に繋がるかわからん綱渡りだ。それをちゃんと覚悟しておけ」

「わかってる」

高樹は煙草に火をつけた。これから喋らせることは、全部書きとめておいた方がよさそうだ。

どこか、憂鬱だった。憂鬱という言葉がぴったりだった。鼻唄。『老犬トレー』。それで、なにかを紛らわせた。紛らわせきれないものは、心の底に静かに沈めた。

第三章

1

背中が、高樹にむいていた。

軽く『老犬トレー』の口笛を吹く。ふりむかず、幸太は口笛を返してきた。

「きのうも来たんだってな、おまえ。俺の酒が置いてある。それを飲んでくれてもよかったんだ」

幸太が、ゴロワーズにライターで火をつけた。着火のいいライターだ。日本製では、こうはいかない。

バーテンは、一昨夜の男だった。黙って、ショットグラスにスコッチを注いだ。

「不思議だ。足がこっちにむいてくる」

「それだけか?」

「というと?」

「大下さんのとこへよく現われるそうだな」

「仕事で、その名前が出てきたんでね」

「俺の名前は？」

「俺は、摑んでる。田代幸太っていう、大下についてる男のことはな」

「どの程度に？」

「名前だけかな」

高樹は、幸太のゴロワーズを一本とって火をつけた。

「大下さんは、俺の親父みたいな人なんだよ、良」

「それで、命令も聞くってわけか」

「冗談じゃねえ。大下さんが俺に命令したことなんか、一度もねえさ。ただの一度もな。ずいぶんと世話になったが、俺を縛ったこともねえ」

「大下と関連して、俺はおまえの名前を摑んだ」

「だろうな。親父になんかあると、呼ばれなくったって、俺は出ていく。誰であろうと、親父に指一本差させやしねえさ」

高樹は、スコッチを口に放りこんだ。国産の安物とは、まるで味が違う。同じ酒かと思えるほどだ。

「ここ、もしかするとおまえの店か？」

「さすがに刑事《でか》だ。いい眼をしてやがる。持主は俺さ。もっとも、名義は法人になってるがな。俺も、税金を取られねえように、気を遣わなきゃならなくなってる」

「これが本業じゃないな」

「当たり前だ。品物を売るために、趣味みてえに作ってみた店よ。こいつを輸入《いれ》てる。こいつだけじゃないが」

カウンターに置かれたスコッチの瓶を、幸太は軽く指で弾いた。

「はじめは、いろいろあった。密輸されたのを扱ったのが、最初さ。それから、自分でも輸入《いれ》るようになった。いまじゃ、かなりの量を扱ってるぜ。忘れられねえのさ。闇市で、こいつが信じられねえぐらいの金を生んでくれたことがな」

煙草と酒。それで、命を繋いだようなものだった。

「ゴロワーズは？」

「こいつは違う。洋行したやつに買ってこさせるんだ。俺も、外国に行ったら買ってくる。税関で、たっぷり税金をかけられても、大量に買ってくる。なんとなく、これが好きになっちまってな。それぐらいの贅沢《ぜいたく》は、許されるぐらい稼ぐようになった」

新しい箱を高樹の前に置き、幸太はにやりと笑った。

「山中を逮捕《あげ》たの、俺さ」

「そうか。新聞見て、警視庁も手強くなったもんだと思ってた」

「知ってるな、山中を?」

「親父を狙ってた。親父を狙うには、まず俺を狙わなけりゃならねえと、教えてやった。諦めやがってな。親父の商売の関係のやつを二人殺って、帳尻を合わせやがった」

「もう、狙われないと思ってるのか?」

「多分な。狙われたら狙われたで、俺が親父を守っていくさ」

「そんなに大事な相手か、大下は?」

「言ったろう。親父みてえなもんだって。おまえと別れてから、いろいろあったさ。それでも、なんとか生き抜いた。大下さんがいたからだ。なんだかわからねえが、俺を気に入ってくれた。ずっと倅みたいに扱われてきたんだ」

金と、いくらかの品物は、別れる時にはあった。それでも、十三歳の少年がそれを使って生きていくのは、ひどく難しい時代だった。油断すると、大人に横から奪われるのだ。

高樹が、新制の中学に通いはじめたころから、幸太のほんとうの地獄がはじまったのかもしれない。

「学校は、幸太?」

「和也は、学のある人間に育てようと思ってる。里子とも、よくその話をするさ」

和也と聞いて高樹の頭に浮かぶのは、七歳で死んでいったあの和也だけだった。

どういう思いで、幸太は自分の息子に和也と名付けたのか。幸太の性格を考えれば、わかるような気もしてくる。

「俺は、そろそろ巡査部長の試験を受けるように、上司に言われてる。来年は受けるつもりさ」

「出世しろよ。警部とか、そんなのになれば、おまえも勝手なことはできなくなる。つまり、暴れたい獣を閉じこめておけるってわけだ」

「いまだって」

「いま、おまえはそれを持て余してるよ。山中を逮捕《あげ》たのも、おまえの中にそんな獣がいたからじゃねえかと思う。山中ってのも、あれはあれでなかなかの玉さ。そこらの刑事《でか》にやられるような男じゃねえよ」

「肚の中が、悲しみで一杯の獣だったたな」

「そういうもんさ。獣ってのはそういうもんだ。そして、おまえの中の獣も、その悲しみってやつを捜してる。どこかで、それを見失っちまったんだからな」

ショットグラスには、いつの間にかウイスキーが満たされていた。音楽は相変らず低く、土曜の夜のせいかほかに客もいない。

二杯目を、少しずつ飲んだ。その間、高樹も幸太も喋らなかった。ボックス席に三人並んで腰かけている女の子の、他愛ない話が聞えてくるだけだ。

「この仕事をはじめたころは、いろいろあった。荷抜きとか、倉庫荒しとかな。警察は大して役にゃ立たなかった。いまの警察なら違うかもしれねえが」

高樹の方を見て、幸太がかすかに笑った。その笑顔だけは、十三歳のころの面影を、悲しいほどに残していた。

「自分で自分を守るしかねえ。それは、闇市のころと変らなかった。俺は力をつけたよ。十八のころ、二十三だと言ってた。みんな信じたよ。ガキってだけの理由で、俺たちゃずいぶんひどい目に遭ったもんな」

「いまは、三十五に見えるぜ」

「白髪があるんだよ、三本ばかりな。里子が見つけて、笑ってやがった」

「俺も、三十には見られる。いつも親父のコートなんか着て歩いてるからな。だけど白髪はない」

「忠告していいか？」

「ああ」

「その服を、なんとかしなよ。いかにも刑事《でか》って恰好じゃなくな。ちゃんとした背広作って、きちっとネクタイを締めるんだ。夏でもな。ズボンの折目は、きちんとついてなくちゃならねえ。靴は、底の減ったやつなんか履くんじゃねえ」

「ほとんど、無理な註文だな」

「おまえの恰好がおかしくて、言ってんじゃねえよ。そりゃそれで、いかにも刑事《でか》って恰好だ。だけど、おまえはそれじゃ駄目なんだ。服ってのはな、檻《おり》みてえなもんさ。それで、着てるやつをしっかり閉じこめるんだ。おまえにゃ、そうやって閉じこめとかなきゃならねえもんが、あるはずだろう」

三杯目のスコッチ。やはり、口に放りこんだ方がずっとうまい。

カウンターのゴロワーズの新しい箱をとり、高樹は封を切った。一本抜き出す。幸太が、音をたててライターを置いた。手にとってみる。ロンソンだった。高樹に手の出る代物ではない。軽く押しただけで、気持よく芯に着火した。

「ジッポ使って、喜んでたよな、俺たち。十三で、煙草を派手に喫って。あのジッポ、姉貴の男が持ってたやつでな」

「おふくろと姉貴、どうした？」

「死んだ。姉貴が男を二人作りやがってな。二人とも米兵さ。ひとりが、コルト握って乗りこんできたそうだ。姉貴を庇って、おふくろは撃たれたのさ。姉貴は、それっきり風を食らって、噂《うわさ》も聞かねえ」

かすかに、幸太は笑ったようだった。バーテンが、黙って四杯目を注いでくる。

女の子たちの笑い声が聞えた。相変らず、客はやってこない。繁盛している店というわけではなさそうだ。

「山中のことは、すべて片が付いてる。佐久間も、その後ろの大物も、その件では簡単に動けないはずだ」

幸太が、口に運びかけたグラスをカウンターに戻し、高樹にむき直った。高樹を、じっと見つめてくる。さきに、高樹の方が眼を落とした。

「断っておくぜ、良。俺は、てめえの始末をてめえでつけられねえような男じゃねえ。刑事《でか》の力は借りたくねえんだ。俺は俺のやり方でやる。おまえに、俺のためなんてことで、手帳を振り回して欲しくねえんだ。わかるかよ、警察《サツ》に尻尾を振るような男じゃねえんだからな」

「そうか」

言葉通りの意味でないことは、眼が語っている。つまりは、自分のために個人的に動いたりするな、と幸太は言っているのだ。

幸太のために動いた、という意識が自分になかっただろうか、と高樹は考えた。ない。そう思う。幸太の名前を聞いた瞬間、抑えこんでいた獣が起きあがった。眠っていたものが、眼を醒《さま》した。それだけのことだ。

佐久間と、その背後にいる大物。獣にならなければ、牙さえ剝くことはできなかっただろう。そして、牙を剝いた自分を、高樹は自分のほんとうの姿が現われただけだと思っている。

「これからどうするんだ、幸太?」

「いままで通りさ。俺は、酒を日本に輸入《いれ》る。そのうち、別のものも扱ってみようかとも思ってる。俺をかわいがってくれてる、国会議員の先生が、便宜を計ってくれるさ。それだけのことを、その先生にゃしてるんでな」

「大下は?」

「親父は、いまのままだろうよ。都議会の議員なんかになっちまったのが間違いだったと、自分でも言ってる。俺には、大きくなれとさ。自分よりずっとな」

「本物の親父って感じだな」

「本物以上さ。親父は、おまえのこと、気に入ったみてえだぜ。俺の兄弟だって言ったら、たまげてた。たまげてたが、わかるような気もすると言い直したよ」

高樹は、もう一度ライターの火をつけた。ジッポより炎は小さい。ジッポは、まるで焚火《たきび》の炎のようだ。ライターの炎は、こうでなければならないだろう。

「忘れてたことがあった」

「なんだ?」

「おまえと別れる時、俺はジッポを渡そうと思ったんだ。ぽんと投げて、おまえが片手で受けとって、それであばよなんてな。やっぱり、こたえてたんだろう。その場になった時、忘れちまってた」

「あれから、しばらく煙草はやめてた」

「いまは喫ってる。そのライター、ジッポの代りに持っていけよ」

「こいつは、高そうだ」

「それが、おまえと別れて十何年かの時間ってやつさ。気に入ってる。やさしく火がつくんでな。同じもんでも、こうはいかねえのもある」

高樹は、しばらく掌でライターを弄《もてあそ》んでいた。手触りもいい。

「ぽんと投げて、片手で受けとる。そんな真似するガキじゃ、お互いになくなったしな。そのまま、ポケットに入れちまってくれ」

「そうしよう」

「忘れられねえよな、あのころは」

「生きてた。そう思う。そんなふうに思える時が、俺にもあったんだ」

バーテンが、入口にちょっと眼をやった。何気ない仕草だったが、高樹の神経には触れた。扉は音もたてない。

獣の感覚。それが戻っている。確かに、扉の外を人が通ったのだ。それをバーテンは感じとった。高樹も感じとった。

「バーテンさんを護衛にしてるのか、幸太？」

「鋭いな、さすがに。護衛じゃねえが、腕はいい。バーテンの腕もな」

「きのういたバーテンも？」

「俺がいない時は、大人しい猫みてえなもんだっただろう」

「仕事をさせてるのか？」

「バーテンのな」

それ以上、高樹は訊かなかった。訊いても、幸太ははぐらかすだけだろう。十数年の埋め難いなにかはある。それを乗り越えようとは、お互いに思わない。

しばらく、黙ったまま飲んだ。

大人になって、会うのは二度目だ。二度とも、大人になった幸太と会っている、という気がしなかった。幸太も同じなのかもしれない。子供のままなのか。それとも、子供のころから大人でいなければならなかったからなのか。躰は大きくなり、顔は変り、昔の面影は捜さなければ見つからない。それでも、昔のままの幸太だった。

不意に、幸太が口笛を吹いた。いつもよりスローな『老犬トレー』だった。このメロディの中に、思いが、友情が、信頼があった。回復できない傷を全身に負った和也を、ねぐらまで運びこんだ。待っていた仲間にむかって、和也はこの曲を口笛で吹こうとしたものだ。それからすぐに、仲間に見守られ、和也は死んでいったのだった。

高樹も、合わせて口笛を吹こうとした。どうしても、音にならなかった。眼を閉じた。浮かんでくるものは、なにもない。幸太の口笛が、すべてを包みこんでいるだけだ。

2

日曜日は、一日家にいた。

非番が、日曜と重なることはめずらしい。一年に何度かあるが、それも捜査で潰れてしまったりする。

親父は、高樹が起きた時はもう庭に出ていた。冬には花が咲くこともないのに、手入れだけは怠ることができないらしい。二階から眺めただけで、高樹は手伝おうとはしなかった。親父が手伝えと言ったことはないし、重そうな石を動かしている時も、いまさら高樹の方からは照れて言い出しにくかった。

「夕めし、外へ食いに行かないか、父さん」

「おまえが、奢ってくれるのか」

「ボーナスを貰ったんだけど、忙しくて使えそうもなくて」

親父が苦笑した。縁に出て、高樹は足の爪を切っていた。

「それより、新しい背広でも仕立ててみたらどうだ、良文」

「そうするつもりでいる。捜査の途中で洋服屋に行って採寸したりしてね。本気で、春ものの背広は仕立てる気でいるんだ」

「どういう風の吹き回しだ」

「そうした方がいい、と忠告してくれた友だちがいてね。夏のボーナスで、また一着作る。そうやって、着るものを増やしていこうかと思うんだ」

「友だちってのは、もう結婚してるのか？」

「息子が、ひとりいるって話だよ」

「おまえの友だちは、もうほとんど結婚してるんじゃないのか」

親父は、縁さきの木の枝を詰めていた。なんという木なのか、高樹は知らない。冬でも、葉は落としていなかった。

「俺、来年は部長への昇進試験を受けるから。もう一度、法律のおさらいをした方がいいかもしれない。見合いするとしても、昇進してからだね」

「ほう、見合いをするか」

「昇進してからするかしないか考える、ということさ」

それ以上親父はなにも言わず、木から離れて枝ぶりを眺め、また鋏《はさみ》を入れることをくり返した。春の新しい芽の出方を想像しながら、枝を詰めているのかもしれない。これも、人生の充実というやつなのだろうか。

爪を切ると、もうやることはなにもなかった。部屋で本を読もうという気にもなれない。木刀を握って外へ出た。庭の中央には芝生が張られているが、そこで素振りをすると親父はいやがる。芝生が擦り切れてしまうのだ。

百本の素振りを続ける。かすかな汗が滲み出してくる。さらに百本。三百本をくり返すと、全身は汗で濡れ、息もあがっていた。

「枇杷《びわ》の木の木刀、おまえ使うか？」

鉢植の手入れにかかっていた親父が言った。

「枇杷って？」

「父さんの知り合いが、大きな枇杷を倒すことにしたんで、今度手伝いに行ってくる。枇杷の木刀は、堅くて、打つと骨が粉々に砕けるそうだ」

「初耳だな」

「小説で読んだから、間違いはない」

親父は、剣豪小説などをよく読んでいた。小説に書いてあるからほんとうとはかぎらないだろう、と高樹はなんとなく思った。

それより、木を倒すために手伝いに行く友人が親父にいたことの方が、高樹には驚きだった。考えてみると、昼間の親父の生活はほとんど知らないし、関心を持ったこともあまりない。

「木刀にいい、節のないところを、二、三本貰ってこよう」

「父さんが削るのか」

「すぐには無理だ。よく乾いてからだな」

親父が枝に鋏を入れる、パチンパチンという音が聞えた。高樹は下段から上へ木刀を撥ねあげる稽古を、五十度ほどくり返した。下から上。手錠を使ってよくやることだった。剣道でも、不思議にそれが決まる。

「奢ってくれるといっても、父さんは脂っぽい肉なんかは遠慮するぞ。刺身かなにかの方がいい」

高樹も、肉はあまり食わない方だった。中学のころから、親父の嗜好《しこう》に馴らされたせいかもしれない。

家へ入って、風呂を沸かした。食事に出かけるのは、ひと風呂浴びてからでいい。

月曜の一番に、高樹は坂本に伴われて、捜査一課長へ報告に行った。

「つまり、佐久間という男の上からは、証拠が摑みにくいということだな」

「佐久間は、誰の意志で山中を雇ったか、別件で逮捕《あげ》て叩いても、吐くでしょう。しかし佐久間の証言だけで、ほかに証拠はなにも残っていないと思います。山中は、佐久間までしか知らないでしょうし」

「通常の調査報告として、総監の耳には入れておこう。意外に調査が早かった。こういう場合、それはいいことだ」

「いや、機敏にやってくれて、助かりました」

坂本が、サスペンダーを引っ張って、パチンと腹に打ちつけた。

部屋を出た。高樹は、坂本の指揮下に戻ることになっていた。気が楽といえば楽だ。

「いや、圧力ってのは、やっぱり本人が直接かけてくるもんじゃないのかな。大物の名前を聞いた時の、課長の顔を見たか。あの名前を摑んでりゃ、恩も売れるってわけだ。もっとも、それをやるのは総監だろうがね」

それによって、課長の評価もあがる。佐久間にあれほどのことをして、結果はこれだけというわけだ。もっとも、幸太の名を耳にすることがなかったら、高樹も課長に大した報告はできなかったはずだ。

大島には、報告に行った。

「どうやって、佐久間にゲロさせたんだ?」

じっと聞いていた大島が、はじめに言ったのはそれだった。質問を、高樹は無視した。大島も、それ以上訊こうとはしない。

「田代については、なにかわかったか?」

「ほとんどなにも。貿易商のようですが」

「どうも、このまま終るとは思いにくいんだがな、高樹。お互いに雑魚を殺し合って手打ちか。だけど、大きなとこで折合いが付くかなにかするはずだ。やくざの喧嘩だってそうじゃないか」

「多分、上の方でつくんでしょうね」

「それが、うまくつくとは思えん。今度の件は、能村の殺しは別として、山中の逮捕ですべて終りだろう。警察の方はな。大下と佐久間、さらにはその背後にいる人物。そっちの方は、勝負はこれからと思ってるんじゃないのか」

「かもしれませんが、俺にはどうしようもないですよ」

「なにかが起きれば、刑事《でか》は動ける。しかし、おまえはそこで動かない方がいい」

「捜査に投入されりゃ、仕方ないと思いますが」

「そういう動きじゃなく、おまえが自分で望んで動こうとすることはやめた方がいい、という意味さ。わかるだろう」

「もう沢山ですよ」

大下の背後の大物が誰かはわからないが、佐久間の背後の大物はわかっている。大臣の椅子に何度か坐った男だ。これからさらに大きくなっていく、とも言われている。大下側の大物も、それに匹敵する存在なのだろう。大物同士の争いに首を突っこめば、自分のような刑事はゴミのように吹き飛ばされるだけだ、と高樹は思った。

「おまえはどこかで、自分を捨てちまうようなところがある。破滅型と言ってもいいな。なぜなのかは俺にはわからんが、そうであることはわかる。最後は資料の整理をして終る。俺みたいな人生も、悪いもんじゃないぜ」

「悪いと思ったことなんか、一度もないですよ」

喫いたくなった煙草を、高樹はこらえていた。警部どまりだが、大島は職を全うしたと言っていいだろう。これ以上、なにか起こるはずもない部署にいる。

大島にはさまざまなことを教えて貰ったが、古臭いと思うこともしばしばあった。ほんとうは、思いきり動きたいところなんだがな。そんな呟きを大島が洩らすのを、何度も聞いた。石橋を叩いて渡る。ただし、渡りきる前に、機を見てむこう岸へ跳ぶ。はじめからむこう岸に跳んだ方がいいと思える時も、必ずそうだった。それが、大島に大きな誤りを犯させなかったし、出世もさせなかった。

「学生が大騒ぎをしてから、政治が乱れるのではないかと思ったが、逆に落ち着きはじめてる。もう一度暴れる元気は、学生にはないだろうしな。こういう時、政治家同士は暗闘をしているんじゃないだろうか。そんなもんじゃないか、という気はする」

「なにか起きたとしても、俺なんかには縁のないことだと思うことにしますよ」

「それがいい」

真面目な口調で、大島が言った。

デスクに戻ると、小林が出てきていた。能村殺しの方は、難航している気配だ。大下の方から、なにも出はしないだろう。密告《タレコミ》で動いた。そこに間違いがある。もっと周辺を固めてから、大下に近づくべきだった。だがそうしたとしても、やはりなにも摑めはしないだろう。

「山中の背後関係は、洗えたのか？」

小林の表情は、捜査が難航していても愛想がいい。

「何通りかの推論が出ただけです。きわめてあやふやでしてね。もし山中が自供したとしても、証拠は出ないんじゃないかと思います」

「やっぱりプロの仕事か。雇われる方がプロなら、雇う方も馴れてるのかもしれんな。能村の方も、まったくなにも出ない」

「大下は、駄目でしたか？」

「まったくな。手の打ちようがないってとこだ」

「いやな事件です。日本にも、殺し屋なんて連中が横行するようになったんですかね」

「それに政治家がからめば、まったく手が出せん。実行犯を逮捕《あげ》るだけでも、ままならないってとこだな」

実際、小林が捜査本部ではなくこちらへ来ているところを見ても、捜査は動きようのない状態になっているのかもしれない。

「やくざがでかい顔をしはじめて、四課は大変そうだ」

廊下を駈《か》け抜けていく二人の刑事を見て、小林が吐き出すように言った。

「それに較べて、こっちはクラゲでも摑むような事件ばっかりだ」

学生が国会に突入するのを阻止するため、政府首脳がやくざまで使った、という噂が流れていた。警官隊の数が足りないのだ。そのため、やくざが大きな顔をしはじめている。ほんとうか嘘かはわからなかったが、ありそうな話だと高樹は思った。終戦直後も、米兵の横暴にたちむかっていたのは、警官でなくやくざだった。

電話が鳴ったのは、正午少し前だった。

「みんな待て」

昼食に出ようとしていた捜査員を、坂本が呼びとめた。電話のやりとりはしばらく続いた。課長からららしく、坂本は短く返事をしているだけだ。

「上野署管内で、都会議員が殺された。大下という男だ」

一瞬、高樹は小林の方を見た。小林も高樹を見ていた。

「交通事故だが、まあ殺しと言っていいな。砂利を積んで車体を重くしたトラックが、まともに大下の車にぶつかってる。それもスピードをあげてだ。トラックは逃走中。大下は即死だ」

班全部が、事件に投入されるようだ。課長も、事件の複雑な背景を考えたのかもしれない。

「捜査本部は上野署。本部長も俺がやることになった」

松井警部補ともうひとりを除く五人が、腰をあげた。松井は、ほかの事件に投入されている。車を使うぞ、と言っている坂本の声を聞きながら、高樹はコートを着こんだ。

3

ぶつかったトラックは、夕方には見つかった。青梅《おうめ》の山中に放置され、おまけに燃やされていた。鑑識からも、手がかりになるものはなにも報告されなかった。

ぶつかった瞬間を目撃した人間は、かなりの多数にのぼった。反対車線から、いきなり大下の車を狙って侵入し、正面からぶっつけて走り去っている。運転をしていた秘書の方は、躰がバラバラになっていたという。

大下の周辺が洗われた。動機を持ちそうな人間は何人か出たが、みんな弱いとしか思えなかった。それでも、まずアリバイが洗われた。

やはり、手がかりがありそうで、なにもない事件だ。プロの犯行と、坂本も小林も見ているようだった。ひとつひとつを塗り潰していくような捜査しかできない。

上野署を出たのは、八時半すぎだった。基本的な初動捜査をする以外、捜査方針は出なかったのだ。

ひとつの方向にむきかける足を、高樹は抑えて、電車に乗りこんだ。

いま、幸太と接触するのはやめた方がよさそうだ。大下の事件とは関係ないとしても、高樹の接触が誰かに見られ、捜査本部の視界に幸太が入る可能性がある。

電車の中で、ずっとそのことを考え続けていたが、捜査本部の視界に入る方がむしろいいかもしれない、と途中で思い直した。その方が、幸太の動きを抑えることになる。大下が殺されて、幸太が黙っているとは、どうしても思えなかった。幸太の性格からいって、人を使わず、自分で動く可能性も充分考えられる。

池袋で、電車を降りた。

ドアを押すと、クラシックが聞えてきた。いつもより荒々しい感じの曲だ。誰のものかは、高樹にはわからない。中年の女主人は、奥の席で友人らしい二人の女と喋っていた。ほかに客はいない。

高樹は、窓際の席から通りを見ていた。

コーヒーを口に運ぶ。頭にあるのは、幸太のことだけだった。すぐに行動に出るのか。それとも、時機を待つのか。狙うとしたら、ひとりだけか。

舗道を歩いてくる人影が見えた。黒いコート。両手をポケットに突っこみ、足もとに眼を落として歩いてくる。その人影は店の前で立ち止まり、束の間ためらう気配を見せたあと、ドアを押した。

「躰の具合、どうですか、佐久間さん？」

佐久間は答えず、低い声でコーヒーを註文すると、暗い眼を高樹にむけた。躰の具合が悪くなったはずはない。ただ、気持は打ちのめされたはずだ。すべてを喋った。それが、持っていた自信も誇りも打ち砕く。

運ばれてきたコーヒーに、佐久間は砂糖もミルクも入れなかった。そのくせ、しつこくスプーンで掻き回している。

「大下が殺されたことでは、あんたも動機のある人間のひとりに入れられてましたよ。うちの捜査員が行ったでしょう」

「大したことは、訊かれなかった」

「長岡氏との関係も？」

長岡というのが、佐久間の背後にいる大物だった。長岡が、どういう状況でどういう指示を佐久間に出したか、すべて喋った。自分の靴下に詰められたひと摑みの土。それが、佐久間の頭を空っぽにしたのだ。

「君は、それを」

「心配しなくても、あんたが喋ったことなんて、大した問題にはならん。それほど、長岡氏の力は大きい。それに、あんたが喋ったことを、俺は誰にも言ってないしな。あんたの背後に長岡氏がいることは、すでに知る人ぞ知るだろう」

「それは、そうだ」

「少なくとも、山中のことで警察が長岡氏まで手繰ろうとはしないはずだ。そんな度胸のあるやつなんて、警視庁にはいないさ。問題は、俺のメモが検察に渡ることだね」

コーヒーにのばしかけた佐久間の手が、途中でとまった。指さきがかすかにふるえている。心を打ち砕かれた人間とは、こういうものだ。怯える必要のないものにまで、怯えを見せる。

「大下を殺《や》ったのは、長岡氏の指示か？」

「俺は関係してない。先生も、山中が逮捕された段階で、俺を遠ざけておられる。短期間のことだろうと思うが」

「大下殺しとは、関係してないか、佐久間さんは」

「してない。大下が殺されたと聞いて、俺もびっくりしたよ」

「田代も、そう思ってるかな」

佐久間の表情が強張《こわば》った。佐久間は、それを隠そうともしていない。

「田代と大下の関係は、俺なんかより佐久間さんの方がずっと詳しいでしょうね」

「俺は」

「つらい立場だな。長岡氏が、もし大下殺しを指示していたとしたら、田代があんたを殺すことまで、計算に入れていたかもしれないし。やっぱり、大物の考えることは違う」

「そんなことが」

「冷静に考えりゃいいんです。どうしてもそういうことになる。長岡氏の指示で、まず田代の頭に浮かぶのは、あんたの顔だろうしね」

捜査態勢は強力なものだったが、長岡の方にむいてはいなかった。佐久間のところに直接聞込みに来た坂本が、大したことを訊かなかったということでも、それがわかる。課長も坂本も、大下と佐久間の対立、佐久間の背後にいる長岡の存在は、高樹の報告で知っている。知っていながらそちらに眼をむけようとしないのは、やはり故意としか思えなかった。さらに上からの指示なのか、課長の判断なのかはわからない。

この捜査は、実行犯を追うことにすべての力が注がれるだろう。その結果、実行犯が逮捕《あが》ったとしても、それで終りだ。

「どうすればいいと思う、高樹さんは？」

「俺に訊かないでくれ。俺は、あんたがまだ生きてるかどうか、確かめに来ただけですよ」

「田代を、逮捕《あげ》てくれ」

「どんな罪状で？」

「能村をやったのは、田代だろうと思う。大下がやろうとするのを、田代が肩代りしたんだ。大下に対して、田代はいつもそうだった」

「証拠は？」

「ない。だが、君の」

言いかけて、佐久間は口を閉じた。靴下を使って、頭の中を叩き出す方法がある、と言いかけたのだろう。

「田代が、直接能村を殺ったと思ってますか？」

「いや。しかし」

「それじゃ、田代の立場は佐久間さんと同じだな」

高樹はゴロワーズをくわえ、ロンソンで火をつけた。ずっとポケットに入れてはいるが、滅多にゴロワーズはくわえなかった。ほとんどピースばかりだ。だから、まだゴロワーズは十六本残っている。

煙草の香りに、佐久間は気づいたようではなかった。ふだん喫っていないと、こういうものなのかもしれない。

「ひとつ言えることは、あんたも長岡氏の弱いところを握ってるってことですよ。なにも一方的に弱い立場じゃないんだ」

「長岡先生が、俺を守ってくださると思うのか？」

「それは、あんたが持ってるもの次第だな」

「重要なものを、誰かに握らせるような人じゃない」

「俺としては、どうしようもない。あんたが殺されれば、その時は事件として動けるわけだが」

「遅い」

「あんたにとってはね。俺にとっちゃ、別に遅いことじゃない」

客が入ってきた。学生のような男が四人で、店の中はにわかに騒々しくなった。

「あんたも、自分を守るぐらいの人間は抱えてるだろう」

「知ってるじゃないか。うちにいるのは、土原みたいな男ばかりだよ。あれが、田代に太刀打ちできると思うかね」

「そうだな」

大下が死んだというのは、佐久間や長岡の最初の目論見通りのはずだ。警察が介入した段階での死というのだけが、計算と違ってしまっている。

「場所を変えようか」

「俺の事務所がいい。もう誰もいないはずだ」

頷き、伝票を摑んで高樹は腰をあげた。

人通りはまだあった。

事務所まで歩く間、佐久間はやはりコートのポケットに手を入れ、足もとに眼を落としていた。

「長岡氏と敵対しているのは？」

「なぜ？」

事務所の佐久間の部屋は、大下の部屋よりずっと広く立派だった。

「あんたを助けるとしたら、その男しかないと思ってね。田代を動かせるのは、その男だけだろう。その男に、止めて貰うしかないな」

「長岡先生から離れろ、と言ってるのか？」

「この際、助かる道はそれだけだ」

「田代と高浜先生の関係は、深いと思う。俺が相手にされるはずがない」

「長岡氏には、あんたに代る存在がもういるんじゃないのか？」

「柳川先生かもしれない」

「高浜氏は、大下を失ったばかりだろう」

「しかし」

「無理には勧めないさ」

大下や幸太の背後にいるのが、高浜なのか。国会議員の高浜だとしたら、高樹もその名前を知っている。長岡と並ぶ大物と言ってもいい。

「難しいとこだよ。自分の命は、自分で拾うしかないな」

半分、佐久間は死んでいる。殺したのは、高樹自身だ。躰に傷ひとつ付いていないが、そういう死もあるに違いない。

汚れた、とは思っていなかった。もともと、血で汚れた手を隠して刑事になった。いまさら汚れようもない、という開き直りはある。佐久間など、法で罰することができなければ、そうやって死んでいってもいい男だ。

「長岡、高浜の大物は、なんで揉めてるんだ。どうせ利権がらみだろうが」

「日本の経済は、これから飛躍的に発展する、という見通しがある。二人の先生とも、そう見通しておられる。すると、国家的な事業も増える。それを奪い合う立場と言っていいのかもしれないな。すでに細かいところではぶつかってて、いずれ大きな衝突になることは確かなんだ。だから、相手の力を削《そ》いでしまおうとしている」

「わかった」

高樹は、佐久間の生気のない顔に眼をやった。一度心を打ちのめされると、人間とはこれほど脆《もろ》くなってしまうものなのか。いまならば、訊くことのすべてに答えるだろう。ほんとうに死んだ方がいいな。そう言いたい言葉を、高樹は呑みこんだ。

「あんたを、逮捕する方法を考えてみる。留置場の中は、安全だからな。明日の夕方まで、待ってくれないか」

「逮捕？」

「無論、何日かで出られる」

「それまでに、田代が逮捕されていなかったとしたら？」

「その可能性は充分だ。田代自身では、なにもやってないようだし。その場合は、ちょっとばかり懲役へ行く覚悟をして、なにか別のことを自白するんだな」

「自分の事業を失うことになる。十数年、懸命に大きくしてきた事業だぞ」

「あまりまともとは思えんがね。特攻で死んだ。そう思えば、いまは余生みたいなもんじゃないか」

これ以上話しても、佐久間からなにも出ることはないだろう。そう思っても、すぐには腰をあげられなかった。高樹が自分の手でこの男を廃人に近いところまで追いつめなくても、長岡からは捨てられたのかもしれない。山中が逮捕されたことで、長岡がいずれ佐久間に責任をとらせることは充分想像できた。

こういう小悪党は、使えなくなれば捨てられるだけなのか。

「政治家というのは、やっぱりぞっとしないな。俺は嫌いですよ、佐久間さん」

「俺も、嫌いになった。ただ、下についていると儲かった。これでいいんだろうかと思うほど、儲かったんだ」

佐久間は、視線を宙に漂わせていた。

4

終電間近だった。

上野で降りると、高樹は早足で『孔雀』まで歩いていった。タクシーを使わなければ帰ることができない時間になるが、いざとなれば捜査本部は上野署だった。宿直室の隅でも借りればいい。

二人の客が、女の子に見送られて出てきたところだった。入れ替るように、高樹は店に入った。年嵩の方のバーテンが、カウンターの中で顔をあげた。高樹を見ても、なにも言おうとしない。

「スコッチをくれ」

「田代さんのですか？」

「俺が、自分で一本買うよ」

「高樹さんが見えたら、差しあげるようにと一本預かってるんですが。封を、お切りになりますか。いつものスコッチですが」

意味ありげな言い方だった。

「封を切れば、どうなる？」

「どうにもなりません。私が、封を切りたくないだけですよ」

「なるほどね」

幸太のまわりを、刑事にうろつかれたくないということなのだろう。言葉の中に、確かに幸太に対する微妙な思いが感じられた。

「封を、切ってくれ」

「そうですか」

ジョニーウォーカーの黒ラベルの栓を、バーテンは音をたてて回した。

「長いのかい、やつとは？」

「五年ってとこですか」

なにも訊かず、バーテンはストレートで出してきた。帰り支度をした女の子たちが、バーテンに挨拶して出ていく。

最初の一杯を、高樹は口に放りこんだ。

「もうひとりの若い方のバーテンさんは？」

「今夜は、違う店ですよ」

「違う仕事、って意味かい？」

「おっしゃることがよくわかりませんが」

高樹はゴロワーズをくわえ、幸太から貰ったライターで火をつけた。

「忘れてました。これもお渡しするように言われてます」

ゴロワーズがワンカートンだった。

「自分で買うよ」

「残念ながら、日本には輸入されておりませんでね。お買いになるのは無理でしょう」

「酒と煙草か」

意味を深く読もうとしすぎているのかもしれない、と高樹は一瞬思った。酒と煙草。うまい具合に掠《かす》めとることができたそれで、高樹と幸太は闇市で命を繋いだようなものだった。

なんの意味もなく、幸太が酒と煙草を自分にくれたりするだろうか。あのころのことを思い出せ、と言っているのか。仲間の命のために、血で手を汚すことも拒まなかった。後悔もしなかった。

「ほんとに大事なものというのが、確かにあったよな」

「なにがでございますか?」

「こっちの話さ。それより、その口調はやめてくれ。あんたに似合わない」

「お客さまには」

「俺は客じゃない」

強い口調で、高樹はバーテンを遮った。

「やつの店の客になろうという気はない。やつだって、俺を客とは思ってない」

バーテンの口もとが、かすかに歪んだ。笑ったらしいと、しばらくして高樹は気づいた。

店の中は、すでに音楽もなかった。グラスを磨く、キュッキュッという音だけが聞えてくる。二杯目を、高樹は自分で注いだ。バーテンは眼もくれようとしない。

「やつは、何時にここへ来る?」

「来ませんよ。来やしねえ」

「どこなら会える?」

「旦那、俺はね、あの人の気持が好きなんだ。はじめて会った時から、それに惚れたと言ってもいい。いくら友だちだからって、警視庁の旦那だとわかってる方に、なんであの人のことを喋らなきゃならねえんです」

「訊くだけ無駄ってことか」

バーテンは、黙ってグラスを磨きはじめた。二杯目を口に放りこみ、三杯目も自分で注いだ。

店の中は、いつもよりいくらか寒い。高樹は、一度脱いだコートを肩にかけた。軽く口笛を吹いてみる。バーテンが、ちょっと高樹に眼をくれた。

「待たして貰うぜ、ここで」

「来やしねえのに」

「そいつが鳴るかもしれない。なんとなくそんな気がしてね」

カウンターの端に置いてある、黒い電話機を顎で示して高樹は言った。

「女房や子供のとこへ、帰ったわけじゃなさそうだな」

「なんなら、電話してみますか」

「やめよう」

「大人しい奥さんですよ。俺は何度か会ってますが」

俺は一緒に暮したこともある。そう高樹は言いそうになった。仲間の中では、里子は一番の年長で、ただひとりの女だった。里子がいただけで、ねぐらになんとなく暖かい空気があったものだ。

はじめて会った時、里子は頭を丸坊主にしていた。女の恰好をしていて、復員兵に輪《りん》姦《かん》されたからだ。男の恰好をしていても、女だと知れると、ねぐらを襲われた時、やはりひどい目に遭わされた。そういう時代だったのだ。子供を大人が守ることもなく、少しでも食料を持っていると、逆に奪ったりもしたのだった。

「髪はどうしてる？」

「なにが？」

「田代の女房さ。短い髪をしてるか？」

バーテンが、ちょっと考える顔をした。十数年も昔、里子が坊主頭だったと、知っているわけもなかった。幸太と高樹がどの程度の友人かも、読みきれていない様子だ。

「確か、普通のパーマだと思うな」

「やっぱり、かなりでかいか？」

言って、それもやはり十数年前のことだ、と高樹は思った。あれから、高樹も幸太もかなり背がのびている。

「奥さんや子供のことが、そんなに気になるのかね？」

「まあな。俺たちが吹いてる口笛、里子ならどういう意味かよくわかるはずだ」

「つまり、古い付き合いだってことを言いたいわけだ」

「言っても、仕方がないか。いま、それだけを頼みにしてるようなとこがあってね」

「でも、旦那、捜査で見えてるんでしょうが」

「仕事なら、宵の口に終ってる」

ピースに火をつけた。

「あの人が気を使ってるんでね。煙草や酒を贈ったり、気に入ってたライターをやったりしてね。大体、そんな気を使うような人じゃねえ」

「最初、ウイスキーの封を切るかどうか、ちょっとひっかかってたみたいだが、あれは俺に、収賄の意志があるかどうか、確かめようとしてたってわけか」

バーテンは答えず、またグラスを磨きはじめた。

「この店の営業時間は？」

「十一時四十五分。もう終ってまさ」

「俺は、ここで待たせて貰う。帰ったたって、別に構わんぜ」

「冗談じゃねえや」

「幸太は、田代は怒りゃしないよ」

バーテンが、ちょっと舌打ちして、レコードをかけた。それでようやく酒場らしくなった。

「飲まないか、あんたも」

「まあ、やめときましょう。警察《サツ》の旦那と酌み交わしたことなんてねえんで」

「田代の、古い友だちなのにな」

「らしいってことは、わかってきました」

電話が鳴った。ベルの音が、やけに大きく聞えた。受話器をとると、バーテンは高樹に背中をむけた。呟くような声で、相槌《あいづち》を打っている。ちょっとだけ、バーテンの眼が高樹を盗み見た。

「ええ、安岡からの電話はまだ」

高樹は口笛を吹いた。バーテンが、また高樹に眼をくれる。何度か頷き、バーテンが受話器を高樹に差し出した。

「よう、幸太」

「なにしてやがる？」

「酒を飲んでるよ。よかったら一緒にどうかって、バーテンさんを誘ったところだがね。刑事《でか》とは飲みたくないと断られた」

「心配しなくても、俺はなにもしねえよ、良《よし》」

「酒と煙草、受けとった」

「俺が渡せりゃよかったんだが」

「思い出したよ。大事なものがあったってな。俺たちゃ、大事なものを持ってた。命を賭けても守らなけりゃならないものを、確かに持ってた。あの酒と煙草で、俺はそれを思い出したよ」

幸太は、しばらくなにも言おうとしなかった。もう一度、高樹は口笛を吹いた。

「つまらねえ真似するな、良」

「これが、つまらんのか？」

「とにかく、こんなことになるとは思ってもいなかったんでな。俺はしばらく姿を隠す。捜そうったって無駄だ」

「長岡と高浜の、どっちを狙ってる？」

「なんのことだ？」

「おまえ、昔から嘘ってやつが下手だったよ、幸太。とぼけるのもな」

「俺にゃ、家族がいる」

「会いたいんだ」

「できねえな。村木と飲んでてくれ。酔い潰れちまえよ」

「安岡は？」

幸太が、かすかに笑い声をあげた。電話口のむこうには、ほかにどんな気配もなかった。ホテルかどこかの部屋だろう、と高樹は見当をつけた。

「頼むよ、良。俺に構わねえでくれ」

「思い出したんだ。忘れかけていたものを、思い出した」

「俺は、ただの男だ。小さいが、貿易商なんかをやってる、ただの男さ。大それたことは考えねえ。どうやって、儲けながら生きていくか。考えてるのは、それだけさ」

「おまえが殺される。俺は多分、一生犯人《ホシ》を追い続けると思う。そんなもんだろう。そうだったってことを、思い出したんだ」

「おまえと別れたの、十三の時だぞ」

「いくつであろうと、男が忘れちゃならない時ってのが、人生にはあると思う」

「話にならねえな。ひとりでいい子ぶってなよ。俺は俺で勝手にやる。刑事《でか》さんよ、おまえが言うほど、俺は甘い生き方はしてこなかったんだ。てめえが一番大事なのさ。十三のころに、なにか思った。思ったことはほんとうだとしても、昔のことさ」

「大下が出かけることが、なんでトラックにわかったんだ。大下が出かけることを知ってたのは、誰と誰だった？」

「知らねえよ」

「高浜は、知ってただろう。俺は、頭の中で何度も現場を分析した。大下が出かけることを知らなきゃ、絶対にトラックはぶっつけられなかったはずだ。大下には、おまえが護衛をつけてた。なにしろ親父なんだからな。その大下を、ああやって引っ張り出せるのは、高浜だけじゃないのか」

「なにを言ってる。わからねえよ」

「大下を殺せば、おまえは長岡を殺るだろう。そう計算したやつがいる。大下と高浜の関係がどうなってたか知らないが、長岡をやれば喜ぶのは高浜じゃないか」

幸太と喋っていて、自然に脈絡がついてきた考えだった。正しいかどうかはわからない。ただ、大下が殺られれば、幸太は長岡だと直感する。そして長岡を狙う。そこまで、計算する悪党もいるだろう。

「長岡じゃないぞ、幸太」

「長岡が、佐久間を使ってやらせた。俺はそう思ってる。親父が死んじまったんじゃ、もうどうでもいいことだが」

「佐久間は、なにもできんよ。それは、俺が証明する。佐久間はいま、おまえが来るんじゃないかと怯えてるだけさ」

「俺を混乱させるな、良」

「おまえも、なにかおかしいと感じているはずだ。だから、電話を切ろうとしない」

高浜が長岡を消そうと思った時、ふとそんな考えが浮かんだのか。大下と幸太の関係を利用する。そんなことまで考えて、まず大下を殺させたのか。

幸太の性格をよく摑んでいれば、巧妙にそれを利用することはできるはずだ。

「山中でさえ、大下を狙えなかった。つまり、敵には狙う隙がなかったってことだぞ、幸太。複雑なことが沢山ある。それから眼をそらすんじゃない」

「思い出したぜ、俺も」

幸太はそう言ったきり、しばらく黙っていた。高樹もなにも言わなかった。

「おまえにゃ、いつも口でかなわなかった。俺を言いくるめるのが、うまかったよ」

「それで大失敗をしたことは？」

「いつも、やばいところをなんとかしのげた。おまえは頭が働いたからな」

「じゃ、幸太。俺と会え」

「親父の弔いをしなきゃならねえ。それにほかの仕事もあってな」

「俺と会え、会ってくれ、頼む」

「突っ走る前に考えてみるもんだ。昔、俺が突っ走ろうとすると、いつもおまえが止めたもんだ。うるさく言い立ててな。少しずつ、いろんなことを思い出すよ、良」

「高浜は俺が逮捕《あげ》る。どんなことをしても、俺が逮捕《あげ》る。だから待て」

「おまえの話、いつも裏があったもんさ。俺は俺で、考えてみる」

「切るなよ、幸太」

「おまえに、ライターを渡しといてよかったよ」

「切るな」

切れた。高樹は、しばらく受話器を握りしめていた。

「どこからだったんだ?」

「さあ」

バーテンが横をむいた。

5

捜査は、見当違いの方向にむかって、熱心に続けられた。

とにかく、実行犯を追う。それが基本方針であることは、変っていない。調べれば調べるほど、実行犯の像は不確かなものになっていった。

本庁へ戻る用事を作り、高樹は大島の部屋を訪ねた。

「それで、俺になにをしろと言うんだ?」

高樹の話を黙って聞いていた大島が言った。

「高浜の予定を知りたいんです。俺は、捜査で飛び回らなきゃなりません。それも、反吐が出るほど無駄な捜査でね」

「俺を引っ張りこむなよ。定年間際で、窓もないような部屋に押しこめられてる俺を」

「ほかに、暇そうな人がいないもんですから」

「馬鹿にしてるのか、高樹」

大島が苦笑した。

「ひとつ、いいことを教えといてやろう。山中のことを、検察が洗い直すことにしたらしい。どうも、ひとつのことにからんで、人が死にすぎると考えたんだろう。山中を落とすつもりらしいな。あれだけはっきり自白してるのに、起訴しようとしない。勾留期限のギリギリまで粘るつもりとしか思えないんで、なにかあると考えてはいたんだ」

「山中を洗い直して、全部を吐かせたとしても、出るのは長岡の名前だけですよ」

「いいじゃないか。肚に黒いものを溜めた大物が、一匹釣りあげられるかもしれないんだ」

「いまの俺にゃ、長岡なんてのはどうでもいいんです」

山中が、そう簡単に落ちるとは思えなかった。半分死にかけた、佐久間を叩いた方が可能性は大きい。しかしやはり、高樹にはそれはどうでもいいことになっていた。

「聖書の方から、攻めてみようと思ってる検事がいるらしい。いいところに眼をつけたかもしれんぞ」

「高浜の予定、調べていただけますか？」

「どうやって？」

「俺なんかが思いもつかない方法と、情報網を、警部は持ってるじゃないですか」

「おまえのために、それを全部使おうって気はないな」

「ほかに、頼める人はいません」

「自分でやれよ。俺を当てにするのは、虫がいいぜ」

「捜査中ですよ」

「休暇を取れ。病気になってもいい」

「最後の最後には、そうするつもりです」

「帰れよ、捜査本部に」

「煙草、喫っていいですか？」

「なんだと」

「ずっと我慢してたんですよ、警部の前で喫うのを」

ゴロワーズをくわえた。幸太のライターで火をつける。大島の手が、ゴロワーズの箱にのびてきた。鼻に近づけ、匂いを嗅いでいる。高樹は、幸太のライターに点火し、大島に近づけた。

「俺に禁煙を破らせた。この落とし前はつけて貰うからな」

「終ったら、好きにしてください」

一本くわえた大島が、いがらっぽい匂いの煙を吐いた。

「懐しいな」

「そんなに？」

「ゴロワーズがだ。日本に来た、フランスの警視がこれを喫ってた。粋なもんだったよ。

フランスの犯罪研究家とも言える人で、警察庁が招いたんだ。時には、警察もそんなことをやる」

「日本には、輸入してないそうです」

「もういい。明日、また来い」

煙を吐きながら、大島が言った。


駒込の一戸建だった。

小さな庭があり、洗濯物が干されているのが、道から見えた。電話番号から、局に住所を調べさせた。警察手帳がなければ、なかなかできないことだ。

女が出てきた。どこにでもいる主婦という感じだ。それでも高樹には、里子だということが一瞬でわかった。

幸太がいるとは思っていなかった。なぜここへ来たのかも、わからない。

幸太と昨夜電話で喋りながら、それまで考えていたことを繋ぎ合わせた。幸太と喋っていたから、できたことだろう。やはり、幸太の前には罠がある。そうとしか思えなかった。そしてそれを、幸太にも喋ってしまったのだ。

男の子が、庭に出てきた。里子はちょっと姿を見せただけだ。夕食の仕度をする時間なのか。

「和也」

高樹は、庭にむかって低く声をかけた。

その名を口にした瞬間、時が十数年後戻りしたような気分に襲われた。

「和也、パパは？」

「いない」

高樹の方をむいた二人目の和也は、ちょっと怪訝《けげん》そうな表情で言った。里子に似ているのか。どこか幸太に似ているような気もするが、面立ち全部を見ると、里子のものだ。

「パパと、いつ遊んだ？」

「ずっと前」

「ママと二人だけか？」

「そう」

「パパ、やさしいだろう」

闇市で、和也を拾った。それはほんとうに拾ったという感じで、高樹ははじめ、食料を分けることとさえ反対した。幸太は、和也を捨てきれなかった。

「おじちゃん、だれ？」

「パパの友だちさ」

「パパは、帰ってこないよ。ママがそう言ってた。明日は、帰ってくる」

「そうか、明日は帰ってくるのか」

「お葬式なんだ」

大下の葬式に、幸太は姿を見せなかった。高浜がやってきて、三人の取り巻きと焼香をしていったのを確認しただけだ。長岡の姿は、やはりなかった。

「おじちゃんは、また明日来ることにするよ、和也」

「和也くんね、三輪車を買って貰ったんだよ。うまいんだよ」

「それも、明日見せて貰うよ」

「パパと一緒にね」

「さよなら、和也」

さよならという幼い声が、背をむけてから追ってきた。

高樹は駅にむかって歩き、『老犬トレー』を口笛で吹いた。コートのポケットから手を出す。ゴロワーズに、幸太のライターで火をつける。すぐに駅だった。捜査本部に電話を入れ、収獲はなにもなかったという嘘の報告を、坂本に入れた。命じられたことは、なにもしてはいない。

上野署にむかわず、本庁へ戻った。

「高浜は、二十二日に選挙区へ帰るそうだ。神奈川さ。来年は、総選挙ってことになるかもしれないんでな」

大島は、捜査一課にいた時のように、いこいの煙を吐いていた。ピースは十本入りで四十円だが、いこいは二十本入りで五十円である。

「どうした？」

「なんでもありません。大下の葬式に、やっぱり田代は現われませんでしたよ」

「弔いは、ひとりでもできる。そういうことだろう」

「田代の家を、ちょっと見てきました」

「おまえと田代がどういう関係か、詳しく訊こうとは思わん」

大島はいこいを揉み消し、また新しく一本くわえて火をつけた。灰皿が吸殻の山になっていることに、高樹は気づいた。

「ひとつ注意しておくが、おまえ、田代に手錠をかける覚悟はあるんだろうな？」

考えていなかった。場合によっては、そうなる可能性が確かにある。

「ありますよ」

「それを忘れるな。いくらはみ出してようと、刑事《でか》は刑事《でか》さ。それを忘れたら、死んでるも同じだ。そしてな」

煙を吐きながら、大島は眼を閉じた。

「そうすまい、そうすまいと思いながら、いつかそこに追いこまれてる。因果な商売だ、刑事《でか》は。俺は、友だちになれそうだった男に手錠を打った経験が、何度もある」

「苦しいものですか？」

「やってみりゃわかる」

「そうですか。肚だけは、決めておきますよ。その場で、迷いたくはないですから」

　折り畳みの椅子に腰を降ろし、むかい合ってさらに煙草を三本喫った。高浜の予定が、二十二日に選挙区に帰るというのだけではなく、細かく出されていたのだ。時間ごとの予定といってよかった。空白のところは、これから入る可能性もある。

「どこで、こんなものを？」

「新聞記者に、貸しをいくつか作っておいた。回収していない貸しを集めたのが、この予定表だ」

「そういうもんですか」

「教える方も、裏になにがあるのか探ろうとしてくる。騙し合いみたいなもんだと考えた方がいい。これで高浜になんかあれば、俺は恨まれることになるな」

　窓のない大島の部屋は、煙草の煙で靄《もや》でもかかったように見えた。

「高浜に眼をつけた経緯はわかった。田代と電話で喋りながらその考えに辿《たど》り着いたのは、笑えない皮肉だが」

「田代と喋っていたから、繋がったんだろうと思います。頭にひっかかっていることのすべてを、懸命に考えようとしたんです。無意識に、そうしていました」

ろうと思う」

「ここで一日じゅう考えていられる俺が、思いつかなかったよ。多分、間違いはないだろうと思う」

幸太も、ほんとうに気づいていなかったのか。大下の外出を知っていた人間が、そういるとは思えない。待ち伏せができるような現場でもなかった。反対車線からの侵入という方法では、さらに難しい。時間と場所を、明確に狙ったものだ。

大下を安心して出てこさせることができるのは、やはり高浜だけだ。それが幸太の頭にひっかかっていたはずだ。幸太も、高樹と電話で喋りながら、いろいろなものを繋げたのかもしれない。

「小林警部補が、実行犯を逮捕《あげ》る糸口を摑んでるんじゃないかと思います」

「葬式には、一緒に行ったんだったな。そんな感触だったか。まあ、山中の時のことがある。小林にも花を持たせろ」

「どこからの情報かと、ちょっとばかり考えたくなります」

「雇った側からだろう」

大島が、あっさりと言った。

それも、やはり脈絡がつく。実行犯が逮捕《あげ》られれば、幸太はその背後の人間を狙うことになる。実行犯だけを追いかけていても、予定は狂ってしまうのだ。

周到な迷路。そんな感じがある。蟻《あり》の一穴は、事を急ぎすぎたということだろう。検察庁の山中の調べで、下手をすれば長岡は政治生命を失いかねない。もう少し待てば、高浜は大下を消す必要がなく、したがって自分が幸太に狙われることもなかったはずだ。

それとも大下と高浜の間には、どうにもならないなにかがあったのか。

「高浜は、やはり田代が長岡を狙うと、思い続けているでしょうね」

「道は、完全にそうつけられてる。おまえと電話で喋らなきゃ、その道しか見えなかったろうさ」

部屋の空気がひどくなりすぎたので、高樹は戸を少し開けた。火事のような煙が出ているかもしれない。

「残念ですよ」

「田代と喋って、よかったさ。少なくとも、道具であることからは免れる」

「そんなことじゃなく、大島さんと一緒に捜査することができなくて」

「泣かせることを言うじゃねえか。俺も、この部屋にゃ反吐を吐きかけたいような気持しかない。だけどな、これが組織ってやつさ。俺が一線にいたらいたで、おまえがうるさく思うこともしばしばあったはずだ」

「でしょうね。警部の力を否応《いやおう》なく認めさせられながら、ああはなるまいと、何度も思ったもんでした」

「おまえも、いずれそうなる。俺の歳まで、刑事でいられればだが」

高浜の予定が細かく書きこまれたメモを折って内ポケットに入れ、高樹は腰をあげた。

「どこでどうなるかはわからんが、おまえは刑事《でか》だぞ。説教で言ってるんじゃない。自分がどうしようもなく刑事《でか》だって、思い知ることになるかもしれん」

頷き、高樹は頭を下げて部屋を出た。

外は忙しなかった。桜田門から有楽町方面へ歩いていくと、人は次第に増え、舗道で肩がぶつかるような感じになった。

捜査本部に戻ろうという気は、なかなか起きてこない。しばらく、歩いていたかった。ポケットに手を突っこんだまま、新橋にむかって歩く。闇市の雑踏が、思い浮かんでは消えた。光の量は、いまの何十分の一にもならなかっただろう。それでも、このあたりの夜は明るいと、よく思ったものだ。

口笛を吹いていた。いつの間にか癖になったようだ。その癖を、いやなものとは思わなかった。こんな街で、十三歳の少年が生きたのだ。二人寄り添い、年齢を足して二十六の男だと自分に言い聞かせながら、懸命に生きた。

その日々は、親父が復員した高樹より、幸太の方が何倍も長かったはずだ。

昼のあたりが寒風で強張り、うまく音が出なくなった。鼻唄にした。もともとはさして暗くもないその曲が、鼻唄だとひどく陰気なものに高樹には思えた。

第四章

1

　二十二日の朝、小林が若い男をひとり引っ張ってきた。

　小林についていた二人の刑事も、眠そうな表情をしている。徹夜で追っていたようだ。坂本も、すぐに本部に駈けつけてきた。

「つまりは、粘りだ。この間、おまえが山中を逮捕《あげ》た時のようなもんさ」

　小林は、運転手関係の聞込みを入念に続けていた。トラックは盗まれたものだったので、そこの会社の周辺から洗っていくことができたのだ。

「どこですか？」

「山谷《さんや》さ。ドヤに潜りこんでやがった」

「ドヤですか。よく逮捕《あげ》れたもんだ」

「出てくるのを、ひと晩待ったよ。俺も粘り強くなったもんさ。もっと若かったら、踏みこんでたろうな。令状もねえのに」

山谷の外で職務質問ふうに男に声をかけ、逃げ出したところを現行犯で逮捕している。殺人による逮捕は、これからのことだ。

トラックを大下の車にぶっつけたことは、すでに護送中に認めたらしい。令状をとり、正式の調書を作るだけでいいのだ、と小林は言った。

山谷に眼をつけたのが、どういう情報によるものだったか、高樹は訊かなかった。意図的に流された情報に、小林が乗せられた可能性はある。訊けば、それを掘り返してみたくなるだろう。小林は、意図的な情報とわかっていて、乗ったかもしれないのだ。捜査態勢は実行犯を逮捕《あげ》るためのものであり、それ以外のところにむいてはいない。実行犯を逮捕《あげ》れば勝ちなのだ。

捜査は終了という空気が、本部の中にも流れた。

「あの若《わけ》えの、居眠り運転だと言い張ってるってよ」

途中から捜査に加わっていた、松井警部補が言った。ふざけやがって、という口調である。

「じゃ、殺人じゃなく過失致死ですか」

「居眠りだってのが通ればな」

「いろいろありますよ。青梅で焼かれていたトラックの説明もつけなきゃならんし」

「実行犯だってことは、多分間違いはねえだろうな」

松井と小林は、同じ班の警部補で、あまりしっくりいってはいない。十歳ほど若い松井の方が、さきに警部になるという噂がしきりだった。小林には、松井に負けまいと躍起になっているところもあった。松井は、まだ三十四である。

高樹には、朝から別の緊張があった。

高浜が、選挙区へ帰る日である。時間は午後四時ということになっていて、それまで都内でいくつか予定がある。高浜の選挙区は神奈川の西のはずれだった。都内から、大した時間はかからない。地元での予定まで、大島のメモにはなかった。

大きく移動するのは、選挙区へ帰る時だけだった。あとは、議員会館の中であるとか、工業クラブというようなところで、人と会うことになっている。

幸太が狙うとすれば、選挙区への移動の途中なのか。それとも、まだ狙う時機ではないと見ているのか。そもそも、ほんとうに長岡ではなく高浜を狙うのか。

なにもわかっていない。幸太の行方は、まったく知れなかった。『孔雀』では、年嵩の方のバーテンが毎日出るようで、安岡という若い方は、長い休暇をとったようだ。

高浜に張りついていたいところだが、拒絶されればそれまでだった。部外者の立入りにくい場所にいることが多く、条件としては危険が少ないことも、張りつきにくい理由のひとつだ。それに、高浜自身が狙われているとは思っていない気配が充分にあり、張りつけば、それを教えてしまうことにもなる。誰にも知られることなく、幸太を止めたかった。

若い男の調べは進んだが、居眠り運転の事故という供述は変えていないようだ。

高樹は、腕時計をしばしば睨みつけた。いま高浜がどこにいるのか。メモを見なくても、それは頭に入っている。

じっと耐えて待つしかないだろう。選挙区へ帰る寸前から、高浜をマークすればいい。それまでは、ここを動くべきではない。動き回って、どこで高浜に気づかれるか、知れたものではないのだ。幸太も、高樹の姿を発見する可能性がある。

電話があったのは、三時過ぎだった。

捜査本部では、居眠り運転による過失致死と車の窃盗および損壊で、検察庁に送るべきかどうか揉めている最中だった。

大島からで、受けた松井は黙って高樹に受話器を渡した。

「済まん、高樹。どうも、高浜のスケジュールには空白があるようだ。念を入れるために選挙区の方を当たってみたら、到着が夜の十時ってことになってた」

「あそこまで」

「列車で、東京駅から大してかからん。八時に出れば充分だ」

「四時から八時まで、四時間も空白が」

「どうも怪しい。高浜が、プライベートな時間をとってる可能性もある。それを、田代が知ることができるかどうかだ」

高浜が、自分が狙われていると気づいていなければ、極秘にしてはいないだろう。公式ではない予定として、秘書たちは知っている可能性もある。

「俺、行ってみます」

低い声で喋っていたので、会議室の人間にはなんのことかわからなかっただろう。トイレへでも立つふりをして、高樹は会議室を出た。議論は坂本や小林のやり取りに終始し、高樹はほとんど発言していなかったのだ。

捜査用に使っている車に飛び乗った。

三時十六分。急げば、高浜が人と会っているという赤坂のホテルには間に合う。飛ばした。赤色灯を回して、信号も無視していた。サイレンが、前方を行く車を左へ押しやる。ホテルの駐車場に飛びこんだのが、四時十五分前だった。

「高浜氏が見えているはずだが」

玄関に駈けこみ、フロントクラークに手帳を突きつけて、高樹は言った。

「お帰りになりましたが」

「いつ?」

「十分ほど前でございますかね」

どこへ、と訊きかけて、高樹は口を閉じた。知っているわけがない。

フロントの電話を借りて、大島に連絡した。

「見失ったのか」

「会談が、早く終っちまったみたいですね。いやな予感がします」

「自宅ってことはないな。女房の方は、きのうから選挙区に帰ってるそうだ」

「秘書を締めあげられませんか？」

「難しいな。俺のカンでは、女のところじゃないかって気がするが、突きとめるにしても時間がかかる」

「とりあえず、高浜の事務所を当たってみようかと思います」

「無駄だ。動き回るな。本庁へ戻って、課長のところへ行け」

「じっとしてるってわけにゃ、いきませんよ」

「高浜の事務所の予定が、四時に選挙区へむかうことになってるんだ。いいか、高浜が殺られるかもしれない、と課長に言うんだ。場合によっちゃ総監だって構わねえ」

「それで？」

「それだけさ。なにも起きなきゃ、おまえは目の玉が飛び出るほど怒鳴られる。始末書ぐらいは取られるだろう。だがな、なにか起きれば、最初にそれを摑める」

「わかりました」

車に飛び乗った。

桜田門まで、大した時間はかからなかった。

ノックをすると、返事も訊かず、高樹は大島の部屋に飛びこんだ。

「なにか、当たってくれましたか？」

「女の噂は、いくつかある。ただ、住所ははっきりせん。女の家で逢《あ》っているともかぎらんしな。しかし、こりゃ女であることに間違いはないな」

「課長のとこへ、行きます」

「肚をくってな」

高樹は頷き、大島の部屋を出た。

課長の部屋をノックする。返事が聞えた。

「お話がありまして」

後ろ手でドアを閉め、高樹は言った。

「重要なことです」

「坂本さんを通すのが、筋じゃないのか」

「時間がありません。高浜代議士が狙われています。殺そうと思っている人間がいるんです」

「なんだと」

「高浜代議士が殺されるかもしれません。私はずっと高浜代議士の動きを見ていましたが、さっき行方を見失いました」

「行方がわからないとは、どういうことだ？」

「個人的に、どこかへ行かれたのだろうと思います」

「それが、君」

「待たせてください。部屋の隅で結構です。なにか起きれば、最初にここに通報が入ると思いますので」

「自分がどういうことを言っているのか、わかってるんだな」

課長の眼が、じっと高樹にむいてきた。

「わかってます。待たしていただくだけでいいんです。責任は、取るつもりでいます」

「よし、かけたまえ」

応接セットの椅子のひとつを、課長は指した。高樹は腰を降ろし、ゴロワーズをくわえた。課長が、むき合って腰を降ろし、窺うように高樹を見た。指には、火のついた煙草が挟まれたままだ。

「君は、大下という都会議員殺しの捜査だろう」

「高浜は、大下のボスです」

「犯人《ホシ》が逮捕《あが》ったという報告を受けてるが、真犯人《ホンボシ》じゃないということかな」

「真犯人でしょう、大下の件に関しては」

「高浜代議士を狙うのは、違う人間だというのだな」

「多分」

「山中を逮捕《あげ》た時、君はなにか訊き出したんじゃないのか？」

「なにも。いま山中が供述していること以外、なにも訊き出してません。まったく違う線から、高浜代議士が狙われると確信を持ちました」

「黙って待つのも芸がないな。知ってることを、ここで全部喋ってみろ。検察庁は、山中の罪状について、こっちの送致書類が納得いかないらしい。複雑な事件だというのは、私も見当がついてるが」

「話せと言われても、なにか起きるまで推論にすぎないわけで」

「推論でもいい」

課長が煙草を消した。

高樹は、しばらく考えて、頭の中を整理した。幸太の存在を語る以外に、納得のいく説明はできそうもない。

「気が進まないのか？」

「頭の整理がつきません」

「個人的なものがからんでいる、ということはないだろうな」

「いくらかは」

そう言うしかなかった。

「それも含めて、言う必要はあるだろう」

「待ってくださいよ」

「高浜代議士が殺されるのを、待とうというのか？」

「殺されなきゃいい。絶対に殺させたくねえと、俺は思ってますよ」

高樹の語気に押されたように、課長はしばらく口を閉じた。

課長が腰をあげ、電話でコーヒーを二つ頼んだ。それが運ばれてくる間、電話が二度鳴った。ほかの事件の発生らしく、課長は別の班に手短な指示を与えた。

運ばれてきたコーヒーが、湯気を立てている。コーヒーでも飲んで気持を落ちつけ、話をしてみろということなのか。

何本目かのゴロワーズに、高樹は火をつけた。吐き出した煙とコーヒーカップの湯気が、混じり合い、薄くなって消えていく。

電話。受けた課長が、弾かれたように高樹の方を見た。高樹は立ちあがった。

「湯島か」

課長が、立ったままメモに鉛筆を走らせている。高樹は、課長の背中を睨みつけて立ち尽していた。

「行ってこい。現場は湯島。刺殺だそうだ。七、八分前のことらしい」

メモを、課長は高樹の背広の胸ポケットに突っこんだ。

「逮捕しろ。絶対に逮捕しろよ」

駈け出そうとした高樹の背中に、課長の声がぶつかってきた。

もう一度車に飛び乗った。

赤色灯とサイレンで突っ走る。結果として、上野署にいた方が、現場には近かった。

ただ、ほかの事件の捜査本部に事件が知れるのは、もっとずっと後だっただろう。

馬鹿野郎が。呟いた。昔から、あいつは馬鹿だった。どうしようもないほど馬鹿なところがあって、高樹はたまらなくそれが好きだったのだ。馬鹿野郎が。呟き続けた。

2

ドアに錠は降りていなかった。

入ってきた高樹を、年嵩の方のバーテンがじっと見つめた。

「喜んでるのか、おい」

「なにをだね、旦那？」

「幸太が人を殺し、野良犬のように追われて、手錠をぶちこまれることをだ。人殺しとして、引き摺《ず》り回されることがだ」

「喜んでるとは、ひどい言い草じゃねえのか、旦那」

「幸太に会えてりゃ、こんなことにゃならなかった」

「俺にゃ、わからねえ。酒を作ることと、ちょっとした別の仕事をするしか能のねえ男でね。あの人がなにかやったなら、それなりの理由はあったんだろうと思う」

「聞いたふうな口は利かずにな、幸太の居所をさっさと吐け。でなけりゃ、てめえの頭から叩き出すぞ」

胸ぐらを摑んだ高樹の手を、バーテンが軽く抑えた。

「やったんですね、あの人はほんとに？」

「てめえらに庇われながらな。ひとりだけで、片を付けやがった」

言いながら、高樹は自分が泣いていることにはじめて気づいた。

和也を殺したやくざ者を、米軍のコルトで射殺した。あの時、一緒に逃げ、手から離れなくなったコルトをもぎとって、河に投げ捨てたのは、幸太だった。

それさえも、幸太は自分にさせようとしないのか。

「旦那、あっしも泣きてえですよ。なんだって、俺たちに任せねえで、ひとりで片をつけたのかってね。冷てえじゃねえか。どうせ、俺は汚れた手であの人に拾われたんだ。それを、この店をうまくやってくれですぜ」

「そういうやつだ。そういう男なんだよ」

「まったくだ」

「幸太から、なにか言ってきたんだな？」

「電話でね。四時少し前だったかな。旦那が飛びこんできた時、やっぱりなと思いましたよ」

バーテンが、磨きあげたグラスを、カウンターの中の床に叩きつけた。二つ、三つと叩き割っていく。顔は無表情のままだった。

「心当たり、あるだろう？」

「旦那が、手錠を打とうってんですかい？」

「ほかのやつに、そんな真似をさせられるかよ。俺は、資格がある。幸太も認める資格が、俺にはあるはずだ」

「逃げて貰いてえ。それが人情ですよ」

「無理だ。現場を見たかぎり、遺留品も含めて、手がかりを残しすぎてる。どう逃げても、三、四日で追いつめられるのは眼に見えてるんだ」

兇器《きょうき》は、かつて海軍士官が腰にぶらさげていた短剣だった。高樹は、それに見覚えがあった。闇市で、岡本という男が幸太に預けた短剣だった。岡本は短剣の代りに幸太の木刀を握り、闇市で暴れる男を打ちのめしていた。

岡本はある日、十数名の日本刀を持った連中と渡り合い、全身血にまみれて死んだのだった。高樹には、ロープを下から撥ねあげる技を教えてくれた。それはいま、手錠で相手を打つ技として生きている。

「逃げられませんか？」

「ほんとうに逃げようという気が、やつにはないのかもしれない。あんな兇器を残していくなんてな」

「電話でも、そう感じました」

「教えてくれ、頼む」

「わかりません。ただ、なんとなく横浜の方じゃねえかって気がするだけです。仕事の関係でよく行くし、借りてる倉庫もある」

「それを教えろ。それでいい」

バーテンが、かすかに頷いた。

「ただ、ひとりじゃあの人に近づくの、大変ですぜ。死んでもいいってのが、そばにいますから」

「安岡か？」

「ほかにも、若いのが二人ばかりね。そういう人なんだ。人を魅きつけて、そういう気持にさせちまう人なんだ」

「誰か連れていけると思うか。俺はひとりさ。ひとりで行って、その連中に殺されたっていい。そうするのが、俺ができるただひとつのことじゃないか」

「似てるね、旦那も。あの人に似てるよ」

「馬鹿だってことだろう。いいんだ。俺はいつも、幸太に対して馬鹿になりきれなかったからな。ここで、あいつがびっくりするような馬鹿になってやるさ」

バーテンが差し出したメモ。横浜の港のそばだった。

「ここを、ちゃんとやっていけよ。幸太にゃ、女房も子供もいる」

「あっしの人生も、ここで終りなのかな」

力なく、バーテンが笑った。


横浜へむかった。

ラジオでは、高浜代議士が殺されたニュースを、くり返し流している。まだ現場検証の段階のようだ。

赤色灯とサイレン。九十キロ近いスピードで飛ばした。制服勤務のころ、パトカーの乗務も短期間やった。運転の技術は、そこそこ身につけている。

山下町の事務所。そこは、輸入する商品を管理するために設けているのか。事務員が二人いただけで、高樹の剣幕に恐れをなしていた。

事務所でないとすると、倉庫の方なのか。考えた時は、もう車に飛び乗っていた。山下町から、本牧《ほんもく》の方へむかっていく。米軍住宅のそばを走り抜けた。

田代交易が借りているのは、大きな倉庫のひと隅らしい。

車を降りた。すでに七時半を回っている。倉庫の外灯がいくつかあるだけで、周囲は暗かった。

不意に、なにかを感じて高樹は倉庫の壁際から跳んだ。地を蹴るような音がした。路上に転がって、高樹は襲ってくるものから身をかわした。

息遣い。闇に、眼だけが白く光る。幸太ではない。突進を、躰を低くして受けた。もうひとり。横から体当たりを食らい、高樹はふっ飛んだ。

立ちあがった時、高樹は手錠をぶらさげていた。手錠の片方を持って打つと、ロープよりずっと効果がある。

来なよ、幸太。俺の技を見せてやる。半端じゃないことは、誰よりもおまえがよく知ってるよな。木刀を持ってても、おまえは俺とやり合おうとしなかったもんだ。

心の中で、姿の見えない幸太に語りかけた。この付近にいる。それは間違いないだろう。

背後で、車の走り去る音が聞えた。ふりかえろうとした時、胸に頭突きを食らってふっ飛んでいた。

立ちあがる。二人の相手の息遣いが、獣の唸《うな》り声のようだ。

同じ姿勢のまま、高樹は一歩だけ踏み出した。誘い。乗ってきたひとりが、高樹の手錠に打たれ、顎を押さえてうずくまった。

「通せ、ガキが。俺を通すんだ」

もうひとりが、闇に白く光るものを出した。高樹は、右手で手錠を低くぶらさげた。踏み出す。躰が交錯する。その寸前に、手錠は相手の白い光を正確に捉えた。金属の触れ合う音がし、白い光が高樹の頭上を飛んで、背後に落ちた。

「俺を通さなきゃ、おまえらは死ぬぞ。こいつを急所に叩きこめば、確実に死ぬぞ」

倒れていたひとりが、立ちあがりざまになにかを投げつけてきた。レンガ。一発目はかわしたが、二発目が額を割った。気づいた時、倒れていた。倒れながら、手錠を横に振った。ひとりの脛を捉えたようだ。

二人が走り去る。視界がかすんだ。それが血のせいだと、しばらくして高樹は気づいた。

額の、右上のところが割れている。血は多かったが、傷そのものは大したことがなさそうだった。車に戻った。ハンカチで傷を押さえていると、出血は止まった。

走り去った車に、幸太が乗っていたのか。グレーのオースチン。外灯の光の下を走り抜けた時、ちょっとだけ見えた。

本牧の方へ戻り、まだ開いている薬局を捜した。

びっくりして口を開けたままの薬局の主人に、警察手帳を示す。ようやく納得して、主人は消毒液で高樹の額を拭いはじめた。

「おでこというのは、血がいっぱいでましてね。傷はそんなにひどくないです。大きな瘤《こぶ》になりかかってますが」

「わかってる」

「病院には行かないんですか?」

「時間がない。ついでに、消毒液とか繃帯《ほうたい》を、少し貰っておこうかな」

「刑事さん、ですよね。事件なんですか?」

「つまらない事件だが、石なんか投げながら逃げやがった。これから、じっくり追おうってとこです」

「はじめてですよ、こんなの」

紙袋に、主人は繃帯や消毒液をひと抱え入れて渡してくれた。頭は、鉢巻のように白い繃帯が巻かれている。

車に戻った。グレーのオースチン。それを捜すことから、はじめなければならないのか。バーテンのメモを見た。中華街に、幸太は何人か知り合いを持っているらしい。そこを直接訪ねることは、避けた方がよさそうだ。すぐに幸太に知れる可能性がある。

二年前のいまごろ、友人を殺して逃げた青年を追って三日も走り回ったことがあり、横浜の地理については一応細かく知っていた。その男は、横浜港で貨物船に乗り、密航を企てていたのだった。それが簡単でなかったのは、人を殺した結果が簡単なもので済まなかったのと同じだった。

幸太が、海外への高飛びを考えている可能性はあった。その場合、時効にはならない。海外にいる間は時効期間から差し引かれるので、いつまで経っても日本には戻ってこれないということになる。

日本にいて、逮捕された場合の量刑がどの程度になるのか。もし高浜と大下殺しの実行犯の関係が証明されれば、かなり軽く済むことも考えられる。

自分が、刑事《でか》になっていることに、刑事そのものであることに、高樹はふと気づいた。刑事として幸太を追っているつもりはないのに、考え方はすべて刑事だ。自分の躰から、刑事の匂いが抜けることはないのか。すでに躰そのものが刑事になってしまっているのか。

桜木町に出た。

そこから野毛坂《のげざか》を通り、運河のそばの目立たないところに車を停めた。

日ノ出町や黄金町《こがねちょう》あたりまで、歩いても大して時間はかからない。

帽子をどこかで買えばよかった、と歩きはじめてから高樹は思った。白い繃帯は目立ちすぎる。商店街に入った。帽子屋など見つからなかった。閉っている店が多かった。

耳当てがついた帽子があるのを見つけ、四百円で買った。店が閉められるところで、店員は帽子と高樹の頭の繃帯を見較べていた。

帽子は帽子で目立つところはあったが、血が滲んだ繃帯よりはましだった。まだ九時少し前だ。飲食店街に入ると、人の姿は多かった。

革ジャンパーの男。路地に入り、しばらくして出てきた。四十歳ぐらいか。ためらいもなく、高樹はその男の背中に近づいていった。背後に密着するように近づいてきた高樹を、男は怪訝な表情でふり返った。

「いくらで、売ってくれる?」

「なんだ、おまえ」

「あんたが、売ってくれると聞いたんだ」

「なにを?」

「それ、言わなきゃなんないのかい」

「見たこともないやつだ、おまえ。あっち行けよ。おかしなことぬかすと、前歯を叩き折るぞ」

「二倍、出すよ。急いでるんだ」

男は、もう一度高樹の全身を視線で舐め回した。古いくたびれた靴とコート。帽子の下から覗く、白い繃帯。見ようによっては、おかしななりだろう。

「金を、さきに見せろよ」

二倍出すという言葉が、効いたようだ。男が歩いていく方へ、高樹は黙って付いていった。

小さな路地。行き止まりのようだ。男がふりむいた時、高樹は右の肘を男の鳩尾に叩きこんだ。息を吐いただけで声もあげず、男はうずくまった。素速く、ポケットを探る。小さな、薬包のような包み。五つあった。ほかには財布や名刺入れや煙草があるくらいだ。名刺入れには、会員証が一枚入っている。なんの会だか、見ただけではわからない。

「てめえ、自分がなにやってるか」

言いかけた男の胸ぐらを摑んで、躰を引き起こし、立たせた。

「決まりきった科白《せりふ》を吐くな。下手をすると、消されるのはおまえだぜ」

「死にてえのか」

「どういうことだよ」

男の鼻さきに、高樹は手帳を突きつけた。男が息を吞む。小物の、麻薬の売人を丸出しにしていた。

「おまえのやり方によっちゃ、逮捕《パク》りはしない。俺は県警じゃなく、警視庁の人間だしな。おまえの答え方ひとつだ」

「なにが知りてえんです？」

男の痩せた躰を、高樹は壁に押しつけた。

「こいつを捨てちまっても、困るよな」

「俺は、売って歩いてたんじゃなく」

「よせ。おまえが売人だってことぐらい、確かめてあるよ。県警だって、おまえらのことはある程度摑んでるだろう。逃げようはねえんだ。俺の言うことを聞くかどうかだな」

「かんべんしてくれ。あんたらに逮捕《パク》られた方が、まだ安全だよ」

「麻薬《ヤク》の元締めのところへ案内しろ、なんて言わないさ。俺の訊くことは、おまえにゃ関係ない。喋ったからどうってこともない。ただ、間違ったことを喋ると、困ったことになるな。おまえが警察のスパイだって情報を流してから、夜の街に放りこむ」

男が息を吞んだ。スパイに対する私刑《リンチ》がどんなものか、実際に見せられているのだろう。

高樹はゴロワーズをくわえ、ライターで火をつけた。相変らず、気持のいい着火をする。男は、落ち着きのない視線を足もとに落としているだけだ。

「情報を集めろ、と頼まれることがあるだろう？」

「情報って？」

「よその組織のやつが入りこんでるとか、どこでどういう取引があるとか、もっとくだらなくて、誰かが誰かの女に手を出したとか、どこのホテルにどんなやつが隠れているかとか」

「そりゃ、ドブん中のことは、俺たちが情報を集めることがある」

「刑事に売ることもあるだろう」

「麻薬《ヤク》に、麻薬に関係なきゃ、俺も教えることはあるよ。ほかのことで、点数を稼いどいた方がいいんでね」

「普通の情報は、どこへ持っていく」

「どういうルートか知らねえが、集めて金にしてるやつが何人かいる。そこへ持っていきゃ、俺たちもいくらか金が貰える」

「その中のひとりと、会わせてくれるか」

「県警の旦那に、どうして訊かねえんだ」

「警視庁の立場があってな。つまり、あるとこで張り合ってるってわけさ。俺は一課の刑事《でか》で、麻薬《ヤク》にゃあまり興味はないから、心配するな」

「どうすりゃいいんだ？」

「連れていけ。そしたら、取りあげたもんは全部返してやる。おまえが連れてきたってこともなにもわからん。余計なことさえしなけりゃ、それで終りさ」

「わかったよ。黄金町にひとりいる。もうひとり、石川町にもいるが、こいつは警察《サツ》に流すのが専門で、県警の旦那ともかなり近い」

「黄金町の方だ。その方が近い」

　男が頷いた。

「刑事《でか》ってのは、ひとりじゃ動かない。俺がひとりだと思うなよ。おまえの会員証の名前なんかも、ちゃんと書きとめてある。丸めて道に捨てると、仲間の誰かが拾うって寸法さ。おまえのために、これは教えておこう」

　男が、足を止めた。

「黄金町は、まずいかもしれねえ。食わせ者さ」

「食わせ者はおまえだろう。とにかく、警視庁捜査一課の班がひとつ出動してきてる。事件がなにかなんてことは、気にするな。ただ、なにも目論まない方が、おまえのためだ」

「わかった。俺から取りあげたものも、必ず返してくれるんだな」

「おまえの生活を脅かしても仕方ないだろう。逮捕《あげ》ても、また別なのが出てくるしな」

　男が歩きはじめた。店が多い通りではなく、暗い裏道のようなところだけを辿っていく。方向を失わないように、高樹は曲がるたびに海がどちらかということだけを、頭の中で確かめた。

3

男が連れていったのは、曙町《あけぼのちょう》の小さなバーだった。

店の前で、高樹は男の持物を全部返し、ひとりで入っていった。

壁などベニヤを貼っただけの、バラックに毛の生えたような店だった。カウンターにスツールが七つ。しかし七人が入れば、窮屈で身動きがとれなくなるだろう。

「ウイスキー、ストレート」

捜査中は、ビールをチビチビ飲む。酔うわけにはいかないし、こちらが刑事だということを、相手にわからせた方が都合がいい場合もある。

「やめた方がいいんじゃないかね」

中年の男だった。危険な匂いは、どこからも感じられない。

「客の註文に、ケチつけるのか？」

「そんな気はないがね。繃帯に血が滲んでる。酔うと、また出血するぜ。やっと止まったって感じだからな」

「商売っ気がないね」

「まあな。店をやってるのも、なんとなくつまらなくなった」

男がにやりと笑った。筋者の世界にいる人間ではない。匂いのようなもので、それを嗅ぎ分ける自信が、高樹にはあった。

「構わんよ、ウイスキーをくれ」

「用事は?」

ショットグラスに注いだウイスキーを出し、男が言った。

「その怪我で、わざわざ酒なんか飲みにきた。それにここは、ふらりと入れるような店じゃない。つまり、俺に用事なんだろうって読んだわけさ」

「どういう意味だ?」

「マスター?」

「そう言われるほどのもんじゃないが、俺の店だよ」

「人を捜してる」

「ほう」

「頭の傷は、そいつの仲間にやられてね。まあ、ほかに気をとられて、油断したってとこさ」

ウイスキーを飲み干した。二杯目を、マスターは黙って注いだ。眼に、好奇心の光が滲み出している。

「なんで、俺のとこへ?」

「聞いた。麻薬《ヤク》の売人を締めあげて、教えて貰ったってわけだ」

「組織の人には見えないがね」

「組織の人間さ。ただ、そこの一員として来てるわけじゃない」

店に音楽もないことに、高樹ははじめて気づいた。この時間に客が入っていないというのは、商売としてさっぱりなのだろう。

マスターがくわえた煙草に、高樹はライターで火をつけた。

「いいライターだ」

高樹の手もとに眼をくれ、男が言う。高樹もゴロワーズをくわえ、火をつけた。しばらく、炎をともしたままにして見つめた。

「このライターをくれた友だちを、捜してる」

「ほかを当たるんだね」

「急いでるんだ。急がなきゃならない理由があってね」

二杯目を飲み干した。マスターは、黙って三杯目を注いだ。

「この店、『茉莉《まり》』ってのに、女の子もいないんだな」

「俺は、『軍艦茉莉』ってのが好きでね」

「詩集だね、安西冬衛《ふゆえ》の」

「何者だ、あんた」

「友だちを捜してる男さ、安西さん」

マスターが、にやりと笑った。

「捜してくれないかな。情報だけでいい。金は、払えない。ありったけの金を出しても、とても足りないだろうからな」

「自分で、情報を集めろよ」

「つまらないことは、言うな。なんでここへ来たと思ってる」

「ここへ来るだけでも、あんたにはその才能があるよ。素人とは思えないんだ。そういう人とは、あんまりお近づきになりたくないんでね」

「組織の一員として来たわけじゃない。だから、素人も玄人もないさ」

「横浜は、吹き溜りだよ。ノースピアには米艦が並んでるし、そこから流れ出してくる物資は豊富だし。それを求めて、いろんな人間が集まってくるってことだ」

「だから、情報屋なんて商売もあるんだろう。たまには、金抜きの仕事もしてみちゃどうかな」

「ペイがあるから、仕事なんだよ」

「ほかで払えないかな」

「別のものって意味か？」

「特になにを持ってるってわけでもないが」

「誰かを消す。そんなことならできるかね？」

「消すというのは、ちょっと無理かな」

「黙らせる」

「それなら、できるかもしれない」

「隣りの店の経営者。商売敵《がたき》ってなら我慢できるが、ここを売れとうるさくてね。おかしな連中を使って、いやがらせもする。おかげで、閑古鳥が鳴きはじめたよ」

「いつごろから？」

「ひと月になるかな」

「バックがいるね」

「いなきゃ、俺ひとりで話をつけてるよ。じっと我慢してなくちゃならないことが、口惜しいといえば口惜しい」

「この世界、長いんじゃないのか？」

「その俺にして、店はこの通りさ」

「情報屋の商売もあがったりか」

「知り合いが沢山いる。それだけのことなんだよ。俺のような人間が、大抵街には何人かいて、それなりに親しみを抱いてくれる人もいたもんだがね」

「流行ってない情報屋なら、買い叩けるな。そいつを、ぎゅっと言わせるだけじゃ駄目なのか」

「ベッドの上でかね」

「女か」

短くなったゴロワーズを、高樹は消した。横浜は、ひとりの男を捜すには広すぎる。この男の情報網に頼るしかないだろう。しかし、女は脅しに弱そうで実は強い。金がからめば、さらに強くなる。

「買い叩くとして、どこまでまけてくれる？」

「男が二人いる。バーテンとボーイだよ。これが強い。ママと言い合いになった時、俺をさんざんかわいがってくれてね。一週間も、起きられなかった。いまも、そいつらを見ると隠れたくなるね」

「怪我をしてるようにゃ、見えないがね」

「腹だけさ。時間をかけて、たっぷりと殴ってくれたよ。素人じゃない、と俺は思う。警察へ行こうにも、傷なんて残ってないんでね」

男が、にやりと笑った。高樹も笑い返した。通りを車が走り過ぎていく。その音を聞くと、どうしてもオースチンが浮かんでくる。

「しんどいね」

「まけて、その二人だよ。勿論、俺に頼まれたなんてことは言わずにね」

ひとりの、初対面の男に持ちかけるには、ちょっと常識とはずれたことだった。それはお互いさまだ。男は、高樹を測っていた。高樹もそうだ。相手が何者なのかは、どうでもいい。

「おたくに、ロープあるかね？」

「縛って連れてこようってのかい。俺は無関係だってことを、忘れるなよ。ロープは、太いのしかない。細紐《ほそひも》はないな」

「太いのでいいんだ」

男が、カウンターの下に潜りこんだ。三メートルほどの汚れたロープだったが、充分な太さがあった。

「酒棚が落ちかかったことがあってね。大工が修理してくれるまで、こいつで梁《はり》から吊ってたんだよ。どうも、手さきのことが苦手でね」

拳よりひと回り小さな瘤をひとつ作り、庖丁で切った。これを使うのは、十数年ぶりということになる。それも、幸太に関連して使うことになった。

「なにを、調べればいい？」

「グレーのオースチンで、東京から逃げてきたやつがいる。南京街に、知り合いが何人かいるらしいが、そこへは警戒して行かないだろう」

胸のポケットのメモを、高樹は男に見せた。本気でやる。眼でそう伝え、男も同じことを返してきた。男は、ピースの内箱にメモを写しとった。

「あんたが失敗したら、俺は動かんよ。成功したことを確かめてから動くが、正直なところ、そいつの居場所が直接わかることはないと思う。まあ、運もあるが。一応の見当しか、教えられないかもしれない」

「いいよ、それで」

高樹はスツールから降りた。

「名前は？」

「安西さ」

笑って男が答える。連絡場所と、落ち合う場所を打ち合わせた。十二時までかかるだろう、と男は言った。

「あんたの名前を、聞いてないよ」

「和也とでも憶えといてくれ、安西さん」

言って、高樹はロープをコートのポケットに収《しま》い、外へ出た。

確かに隣りの店は看板が大きく、入口も派手だった。『茉莉』が、奥行を狭く見せているという恰好だ。

扉を押すと、ボーイが挨拶した。女が七、八人。席は一杯で、高樹はカウンターに腰を降ろした。勘定もかなりのものらしく、くたびれた身なりで頭に繃帯を巻いた高樹は、いかにも場違いな客だった。

フロアで踊っていた女が、曲が終ると高樹のそばへ来て頭を下げた。ひとりだけ着物姿で、この女が経営者らしい。

「ビール一本、いくらかな？」

「カウンターで、三千円ですよ。いいですか」

「いいですかって、そんな金を持ってるようにゃ見えないわけだ。まあ、一杯だけあんたに注いで貰おうか」

バーテンがビールを出した。三千円というのは、追い出すための口実だったのだろう。高樹はグラスを持ってビールを受け、一杯になるとそれをそのまま女の膝にぶちまけた。

「こいつは失敗した。手がふるえてね。洗濯代を請求してくれるか」

「酔ってんですか、お客さん」

ボーイがそばへ来て言った。腕が摑まれた。

「ほかの店で、飲んでくれませんかね」

立ちあがり、出口にむかう間、ボーイはずっと腕を摑んでいた。

「舐めた真似、してくれたじゃねえか」

ボーイの口調が変ったのは、外へ出てからだった。裏口のドアから、バーテンも出てきた。二人に挟まれる恰好で、高樹は路地へ導かれていった。

「いくら持ってる？」

「請求してくれよ、洗濯代を」

「ふざけんな。てめえの財布で足りるとでも思ってんのか」

「いくらだ？」

「有り金全部」

「そりゃ、脅迫じゃないか。請求してくれれば払うと言ってるんだ」

ボーイの手を、高樹は振り払った。

「わからねえようだな、ヤキ入れなきゃ」

また両側から挟みこまれた。

路地を縫って、ちょっと広い道に出た。

蹴りつけてきたバーテンの足を、高樹は上体を反らせてかわした。ボーイの拳が飛んでくる。それもかわした。

「ビールをこぼしたぐらいで、なんで殴られなきゃならない」

「うるせえ。俺たちを本気にさせやがったな。後悔するぜ」

ボーイの拳を、高樹は肩で受けた。

「やくざだな、おまえら」

「だから、落とし前のつけ方は決まってんのさ」

ボーイがさらに拳を出してくる。軽くかわし、顔の真中に肘を打ちこんだ。尻餅をついたボーイの顔が、血で汚れていた。

「てめえっ」

バーテンの体当たり。かわした。蹴りあげる。不意に、憎悪に似たような思いが、高樹の内部に衝きあげてきた。

バーテンが、腰のうしろから匕首《ドス》を抜き出した。ロープ。無意識にポケットから出した。ボーイも立ちあがっているが、刃物は持っていない。

右手にロープをぶらさげたまま、高樹は待った。二人の息遣いが入り混じっている。同時に踏み出してきたが、動きに連携は感じられなかった。ボーイの顎を狙って、ロープを下から上へ振った。振った瞬間に、躰の中になにかが蘇った。

バーテンのこめかみ。ボーイの腹。背中。倒れたバーテンを蹴りつける。体重を乗せ、肋骨《ろっこつ》を折る気で蹴りつける。バーテンが呻いた。ボーイはロープで打ち据えた。バーテンの匕首が、路肩の土に突き立っている。

血が飛んだ。ひとりが悲鳴をあげた。ロープ。瘤の部分が相手の躰に深く食いこんでいくのが、はっきりと掌に伝わってくる。

バーテンは白眼をむいていた。ボーイは泣いている。頭に三発ほど叩きこんだ。それでボーイも動かなくなった。肘を逆にとり、反らした。二人の右腕。骨の折れる、鈍い音がする。

躰が汗ばんでいた。高樹はロープをポケットに収い、コートを脱いで手に持った。かすかに、鼻唄をやっていた。しばらくして、それに気づいた。

肘を折った時、二人とも眼を醒した。脚を痛めつけてはいない。店まで、歩いて帰ることはできるだろう。

もう一度、今度は口笛で『老犬トレー』をやった。汗が急激にひいていく。心まで、冷えてしまいそうだった。

4

安西は、さきに来て待っていた。

山下公園である。風が強く、木の葉が擦れ合って音をたてていた。常緑樹が多いようだ。港の明りの方へ、高樹は眼をやった。

「何者だね、あんた?」

「そんなことを、訊くのか?」

「思わずね。刑事《でか》じゃないかと見当をつけてたが、あのやり方は刑事じゃないな。恨みもないやつらを、あれほどいたぶれるとはね。見てて、ぞっとしたよ」

「あれが、望みだったんだろう、安西さん」

「確かにな」

安西はピースにジッポで火をつけた。ロンソンは、風の中では火がつきそうもない。喫いたい煙草を、高樹はこらえた。

「グレーのオースチンで、東京から逃げてきた男。確かにいたね。九時ごろ、南京街で見かけたってやつがいる。東京ナンバーだったそうだ。それが、逃げてる男かどうかはわからんが、逃げてきてる男はいる。東京の刑事が、二人ばかり来てて、県警の刑事と一緒に人を捜しはじめた」

「そうか」

「オースチンを捜してるわけじゃなさそうなんだ、それが。どうも、捜されてるのはあんただって気がする」

東京には、連絡を入れていない。高樹が犯人《ホシ》を追っていることは、当然課長は知っている。高樹を追えば、犯人《ホシ》にぶつかる可能性が強いと考えたのだろう。

乗っているのが、警察車だった。多分、それが捜されているのだろう。

「車を、一台都合ができないかな」

「逃げるのかね？」

「あんたに、説明してる暇はない。必要なんだ」

「俺のを、使うかね。プリンスのおんぼろだが」

「車、持ってるんだな。しかし、そんなに金は払えないよ」

「お釣を出したいぐらいなんだ。あの二人をあれだけやってくれた。俺のポンコツ、使ってくれてもいい」

「俺は、逃げてるわけじゃない。追ってるのさ、グレーのオースチンを。ただ、警察が入ると面倒だ」

「グレーのオースチンは、九時過ぎには南京街を出ていったそうだよ。吉山がバックにいるなら、捜すのは難しいかもしれんよ。だけど、吉山が力を貸した様子はないんだな。吉山ってのが、メモにあった陳の日本名だがね。オースチンが、一度吉山のところへ行ったことだけが確かだ」

「それがわかっただけでも、助かった」

「はじめは、手柄でも狙ってる刑事《でか》だろうと思ったよ、あんたのことを。安西冬衛を知ってる、おかしな刑事だと思った。違うな。あんまり、カンが狂ったことはないんだが」

もう、刑事に見えはしないのだろう、と高樹は思った。くたびれたダブダブのコートから、躰はすっかりはみ出してしまっている。

当然だ、としか思わなかった。幸太の名を耳にした時から、なにかが切れてしまっていたのだ。いままで、切れずに来たことの方が不思議だった。血で汚れた手。心の中の獣。それを、刑事という衣装だけで包み隠せるわけはない。

「もしかすると、まだ三十になってないんじゃないのかね。はじめは、三十四、五に見えたんだが」

「老けて見られたい、と思ったことはある。切実にね。俺はほんの短い間だったが、俺が追っている男は、何年もそう感じ続けてきたようだ」

「その男、あんたになにをした？」

「俺に、自分のほんとうの姿を思い出させた。そんなところかな」

「オースチンについては、また情報が入るかもしれん。電話をくれ」

「これ以上は、頼みにくいが、ほかに頼める相手もいない。明日の朝、電話するよ」

安西が、車の方を指さして立ち去っていった。

いなくなってしまうと、どういう印象の男だったかも、はっきり浮かんでこない。それでいて、存在感だけはしっかり残っている。

車に乗りこんでから、高樹はゴロワーズに火をつけた。シートの破れかかった、ほんとうのポンコツだった。ギアは回転を合わせないと入りにくいし、クラッチはまったく遊びがない。それでも、ちゃんと動いた。

一度、本牧から根岸の方まで流した。警察車、と見分けられる車が何台かいた。こんな時間に、覆面車が走っていることなどあまりないはずだ。

東京から乗ってきた警察車は、山手町の住宅街の中に駐《と》めてある。

東京から来ているのは誰なのか。松井か小林のどちらかは、来ているだろう。松井が来ているとしたら、行動のパターンは読まれる可能性がある。いずれにしろ、連中を横浜から離すことが第一だった。

車の中で待った。

陳という華僑《かきょう》は、幸太を匿《かくま》うことを拒んだのか。もうひとり華僑の名があったが、そちらは安西も問題にしていなかった。

はじめにいたのは、田代交易が借りている倉庫である。幸太が、横浜に隠れる場所を多く持っているとは思えなかった。ならば、横浜から離れるだろうか。

離れたところで、行く当てはないはずだ。多少とも繋がりのある横浜で、なんとかしようとするだろう。自分なら、知らない街へ行くより、そうする。指名手配をされるのも、時間の問題だ。そうなれば、どこにいても同じ危険が付きまとう。

三時まで、高樹は車の中で待った。時折街中を流してみたが、グレーのオースチンは見かけなかった。パトカーと出会っただけである。

三時半に、山手町の静かな住宅街に入っていった。目立たない場所に、プリンスを駐めた。横浜の車だから、ナンバーを見ても不審に思う人間はいないだろう。

警察車に乗り換えた。

海岸通りの方へ降り、関内《かんない》あたりをしばらく走り回ってから、国道へ出て、西へむかった。まだ暗い。直線では、遠くから付いてきている二台の車のライトが見えた。あまり近づく気はないようだ。ということは、高樹に犯人《ホシ》のところまで案内させようという魂胆なのだろう。幸太がグレーのオースチンに乗っていることは、まだ割れていない。犯人が幸太であることも、割れていない。連中が横浜へ来ているのは、高樹が運転している警察車が手配され、横浜で目撃されたからに違いなかった。飛ばした。ガソリンは、まだ充分に保《も》ちそうだ。かなりの距離を置いて、やはり二台が付いてくる。

　十分に一度くらい、対向車が現われた。それも来なくなり、三十分に一度出会えるかどうかという状態になった。後方の車との距離は、二キロというところだろうか。いくつも、街を通過した。潮時だと思った時、高樹はアクセルを全開にした。すさまじいスピードになった。百十キロから二十キロは出ているだろう。それで三十分ほど走り続け、街に入ると横道に車を入れた。駅。線路のある方へむかう。狭い道を縫った。

　駅舎には、すでに明りがあった。待合室へ飛びこんで列車の時刻を確かめ、もう一度街中へ引き返した。目立たないところへ、車を置いた。それから駅へ駈け戻る。清水駅だった。静岡から来た東京行の始発は、三分も待たないでホームに滑りこんできた。

暖房が効きはじめて、列車の中は暖かくなっていた。窓ガラスがかすかに曇っている。その外は、まだ暗かった。

短い時間、高樹は座席でうとうととした。

幸太が追われていた。自分も追われていた。夢だとどこかでわかっていながら、高樹は懸命に走ろうとした。走る自分を、幸太が押しのけて前へ出る。その幸太をまた自分が押しのける。いつか、幸太と摑み合いをはじめていた。こんなことをやっていれば、すぐに追いつかれる。そう思いながら、摑み合いを続けていた。幸太も自分も、まだ少年だった。追いつかれちゃうよ。和也が出てきて、泣いて止めようとしていた。それは、焼跡のねぐらで仲間に見守られながら死んでいった和也であり、幸太の息子の和也でもあった。

眼を開いても、高樹は頭の中で夢の続きを見ようとした。なにも浮かんでこなかった。ただ口笛が聴えた。ふり返りたくなる自分を、高樹は押さえた。吹いているのは、自分なのだ。

列車が、横浜に入った。

街はすでに明るくなりはじめていて、通勤の人の波で駅は溢《あふ》れていた。

電話ボックスへ入り、安西に教えられた番号を回した。

「あんたか。どうも、東京から来た刑事や、県警の捜査一課の刑事が、東海道を西へ車で追っていったという噂があってね。なんとなく気になってた。逃げたのは、グレーのオースチンじゃない」

「俺は横浜だよ」

「ならよかった。グレーのオースチンは、横浜にいるみたいだ。沖仲士《おきなかし》の元締めをやってる男が、栄町《さかえちょう》で見かけてる。一時間ほど前だが」

「栄町というと？」

「ドックや倉庫があるところで、ノースピアのちょっと手前だ」

「いまは、もういないんだな」

「桜木町の方へむかってたって言うからな。やつも、ナンバーまで確認したわけじゃない。走ってるのを見かけたってだけさ」

「県警の動きは？」

「東海道を追っていってから、新しい動きはなにも入ってない」

清水まで、引き摺り出した。放置した車を発見するのに、かなりの時を要するだろう。発見しても、自分を捜そうとするはずだ。それも、自分に犯人のところまで導かせようと考えているなら、大袈裟《おおげさ》にやるわけにはいかない。丸一日は、清水あたりを捜すに違いなかった。

「俺の考えだがね、和也さん。あんたが追ってる男は、伝手《つて》を頼って海外に飛ぼうとしてるのかもしれん。オースチンの動きは、そんな感じがするんだな」

「方法は、この街にはあるのか？」

「詳しくは知らないが、ルートは存在しているようだ。吉山は、その方面に顔が利くはずだ。ただ、慎重な男だよ、吉山は。信義を大事にする。華僑というのは、儲けるだけじゃなく、そんなものを大事にするのさ。他国で生きていくわけだからね」

「俺が追っている男は、陳、いや吉山か、その華僑と親しいはずだよ」

「だから、なおさらだ。あんたの追っている男が、なにをやって飛ぼうとしているのかが、問題になるね。信義を大事にするが、危険なことはやらない。俺には、そういう彼らの心境はわかる。裏切りはしないだろうが、きっぱり断るということは充分あり得る。親しい相手でも、それによって自分に危険が及ぶ場合はね。そうやって、彼らは他国で生き抜くのさ」

「わかった」

「それでも、海外脱出のルートを探るなら、この街だよ。その気になれば、見つけられるだろう。ただし、非常に危険だが」

「危険とは？」

「金だけふんだくられる。場合によっちゃ、途中で海に放りこまれる」

「どうやって、危険を見わける？」

「賭けてみるしかないね」

「誘えないか？」

「どういうことかな。つまり、脱出ルートがあるという誘いかけをして、追っている男を呼び出そうというのか？」

「そういうことだ」

「無理だな。電柱にポスターを貼っておけばいいってことじゃないから」

「やつは、ルートを捜して動き回っているんだろう」

「俺の推測では、知っているルートは吉山だけだったんだ。そして吉山は断った。あんたの相手は、よほど危《やば》いことをやったんじゃないのかね」

大物の国会議員を刺殺した。これはやはり華僑にとっては警戒すべきことだろう。

「横浜は広いな。運を天に任せて、走り回るなんて時間は、俺にはない」

「あんたの相手もそうだろう」

「だから、ルートがあるとなれば、飛びつくと思うんだが」

「一朝一夕にできるもんじゃない。何回もそういうことをやって、なんとなくその世界の人間が知りはじめた時に、はじめてルートと呼ぶんだ」

「わかったよ」

「老松町《おいまつちょう》に、相馬という男がいる。小さな事務所を構えている貿易商だ」

「それも、ルートのひとつかね?」

「きわめて危険なルートだ。相馬は、ルートがあると自分で情報を流してる。それにひっかかったやつが、食われるわけだ。ただ、捜してすぐに見つかるものでもないから、飛びつく人間はいるね」

「わかった」

「相馬とは、俺はあまり関係したくない」

「あんたに迷惑はかけないつもりだ。教えて貰った礼は、いつかするよ。できればの話だが」

「礼はいい。俺が教えてやれるのは、ここまでだ。全部終ったら、飲みに来ないかね。あんたには、ちょっと関心がある」

「できればな。その時は、俺がなにをやってたかも話せると思う」

「相馬に当たるなら、気をつけろ」

「ありがとう。車は、もうしばらく借りておくよ」

電話を切り、ボックスを出て、高樹は朝の人の波の中に紛れこんだ。タクシーを摑まえ、山手町の教会のそばまで行く。

ポンコツのプリンスは、駐めた時の姿のままで高樹を待っていた。

5

相馬は、九時に事務所に出てきた。

黒い左ハンドルの車の後部座席から降りてきた男を見て、それが相馬だと高樹にはすぐにわかった。ある種の危険の匂いが、はっきりと感じられる。たとえば、佐久間に感じたのと同じような、小悪党の匂いだ。大したことはやらないが、ひとり二人を地獄に送ることなど、あまり心もいためずにやってのける。脱出ルートを餌に、他人を詐欺にかけるなど、大物のやることではなかった。

三十分ほど待った。若い男をひとり連れて、相馬はやってきた時と同じ外車に乗りこんだ。

車は、日ノ出町のそばの運河の橋を渡り、海岸通りの方へむかった。高樹は周囲に気を配っていたが、きのうほど警察車は多くなさそうだった。

車は、新港埠頭《ふとう》の中に入り、岸壁の突端で停った。相馬が降りてくる気配はない。高樹は、崩れかかった倉庫と倉庫の間に車を入れ、そこでじっとしていた。相馬の車は見えないが、突端にむかう人間も車も、確認することはできる位置だった。

遠くで、汽笛が鳴っている。接岸する船のものなのか。それ以外、もの音はほとんどしなかった。ポンコツのプリンスは、窓が途中までしか開かない。それでも、外の音はよく聞えた。

タクシーがやってきた。

高樹は車を降り、倉庫の壁に背をつけて、埠頭の突端を窺った。日野ルノーのタクシーから降りてきたのは、若い男が二人だった。昨夜、高樹とやり合った連中だ。顔をはっきりと見たわけではないが、ひとりは手に繃帯を巻いている。

相馬は車を降りず、窓ガラスだけを降ろして二人と喋っていた。

不意に、ひとりが車の中に腕を突っこみ、相馬の胸ぐらを摑んだ。外車が急発進して、男は弾き飛ばされた。

事態に驚いたのか、待っていたタクシーも走りはじめる。二人が、タクシーを追って走った。高樹はポンコツのエンジンをかけ、倉庫の間から車を出した。

タクシーは走り去り、二人は埠頭に立ち尽していた。

「逃げろ」

高樹を認めたひとりが叫んだ。ひとりが走りはじめる。もうひとりが、車の前に立ちはだかった。二人とも押さえるのは無理だ、と高樹は判断した。

車を降りて、男とむかい合った。外車に弾き飛ばされた方の男だ。

「やつは、どこへ行った？」

「知らねえ」

「田代に、知らせに行ったんだろう。どこへ行ったんだ？」

喋りながら、高樹は間合いを測った。男は身構えていて、必死の形相をしている。こういう表情をした男は、うっかり近づくと危険だ。

ポケットの中のロープを出した。

それを見ても、男は退《さ》がろうとしなかった。叫び声をあげ、男が突っこんでくる。軽くかわして、擦れ違いざま下からロープを振りあげた。男の躰が、宙に浮いたように見えた。それからうつぶせに倒れた。呻きをあげて二、三度転げ回り、立ちあがる。

「ひとりじゃ無理だぜ、坊主」
二十二、三というところか。高樹を睨みつけてくる眼には、奇妙な迫力さえ感じられる。一瞬、圧倒されるような気分に、高樹は襲われた。男が、ナイフの刃を開いた。小型のナイフだ。高樹は、全身の殺気を男にむけた。急所を打つ。一撃で殺す。そう思わせるしかなかった。撥ね返してくる男の眼の中で、覇気と絶望がないまぜになっていた。相討。それを狙っている。しかし、なぜだ。なぜ、これほどまでに。
長く考える余裕はなかった。男。踏み出してくる。高樹は、全身から力を抜き、男の手もとに神経を集中した。男の声。しぼり出されている。ナイフが、肩を掠めた。男は、ロープの瘤で眉間を打たれ、棒のように倒れた。

激しい動きではなかったが、高樹の息は乱れていた。男は動かない。そばに、高樹は坐りこんだ。わずかに急所をそれたようだ。気絶しているだけだった。後ろ手に手錠をかけた。気づいた男が、高樹にむけた眼をそらした。男の眼から、涙がこぼれ落ちている。

「歩けるな」

立たせた。男は、逆らわずに歩いてきた。ポンコツのプリンスに乗りこむ。倉庫と倉庫の間に入れ、高樹はエンジンを切った。

左肩の三角筋を、浅く切られていた。消毒液をふりかけ、ガーゼを当ててテープでとめた。縫うほどの傷ではないようだ。

「名前は?」

「牧原」

「田代幸太がどこにいるか、喋る気はないんだろうな」

牧原の眼の上は、腫れはじめている。手を抜くなどということは、できる状態ではなかった。殺すつもりで打った。死ななかったのは、牧原に運があったからだ。相討でもいいと思った相手は、やはり手強い。人間は、相討でもいいという気に、簡単になれるものではなかった。

「喋らせる方法を、俺は持ってる。脳ミソを叩き出すってやつさ。佐久間は、俺にそれをやられて、洗いざらい全部喋った。そして骨抜きになった」

「よかったよ」

「なにが？」

「俺が、社長の居所を知らなくてさ。俺は、大して強くない。根性がないと、よく社長にも怒鳴られた。だけど、知らなきゃ喋りようはないもんな。どんな目に遭わされても、俺は喋らずに済む」

ひとり逃げた。当然、幸太に知らせただろう。それで居場所を変えれば、牧原はほんとうに知らないということだ。

別の手がかりを喋るかもしれない。その中に、ほんとうに幸太がこれから潜む場所があるかもしれない。そう思っても、牧原の頭を砂を詰めた靴下で打とうとは思わなかった。自分が強くない、と言った。言えるだけ、強いのだ。佐久間とは違う。結局なにも喋らなかった山中と似ていると言っていい。拷問をしたところで、最後に残るのは不快さだけだろう。

「俺が刑事だということは、知ってるな」

「ああ」

「しかし、おまえを逮捕したわけじゃない。俺はもう、誰も逮捕しようとは思ってない。田代幸太以外はな。手錠をかけたのは、おまえが暴れられないようにするためさ」

「社長は、誰にも逮捕されないよ」

幸太の姿なんか見たくないからさ」

「ほかのやつに、逮捕なんかさせたくないからさ。手錠を打たれて引っ張ってこられる、

「なぜだよ。なんでしつこく追いかける?」

「俺は、逮捕する」

「社長は」

「俺が逮捕するさ。どんなことをしても、二、三人撃ち殺しても、俺が逮捕する」

「無駄だね」

「田代幸太は、海外へは逃げられない。吉山に断られたろう。それで相馬なんて男に頼んだんだろう。相馬ってのは、その方面でも評判の悪い男だ」

牧原がうつむいた。

「相馬に頼んだってことは、手詰りだってことと同じだぜ、牧原」

「信用できないから、俺たちが会った。半額は、社長がむこうに着いたと確認したら払うと言ったんだ。全額前払いだと言いやがった。それも、陳さんとこの五倍の額さ」

「吉山、いや陳が、なぜ断ったかわかるか?」

「社長が、ほんとのことを言ったからだ。陳さんを騙すわけにはいかないってね。政治家がからんでるんで、手助けはできないと陳さんは言ったよ。済まないと謝ってもいた」

「幸太らしいな」

「あの人は、いつもそうだ。高浜が大下先生を殺させたのも、すぐには信用しなかった。長岡と佐久間がやったことだって、決めてかかってた。それを、村木さんが調べたんだ」

村木というのは『孔雀』の年嵩の方のバーテンだった。幸太との電話のやり取りを、そばで聞いていた。どうやって調べたのかはわからないが、村木も、幸太が嵌《は》められかかっているという疑問を持ったのかもしれない。

「俺に、日本名が吉山という陳のことを教えてくれたのは、村木だよ」

「そんなはずは」

「俺が幸太と、どういう間柄か察したんだろう。幸太が逃げきれないかもしれない、ということもな。なぜ自分にやらせなかったのか、と言ってた」

「そうさ。社長の悪いとこだ。俺だって、西尾だってよかった。それを、自分でやっちまう。かなしいよな」

「幸太を、好きか、おまえ？」

「社長が、俺を助けてくれた。でなけりゃ、いまごろやくざ者だね。俺ができなかったことをしろって、夜間高校にも通わせてくれた。若いけど、親父みたいな人さ」

「おまえ、田代交易でどういう仕事をしてた？」

「はじめは、荷抜きの張り番だよ。社長も一緒にな。それから、輸入した品物の売りこみ。少しずつ、仕事を覚えてきてた」

「昔から、あいつは親分肌でね。それでも、やくざ者にはならなかった」

「やくざは嫌いだよ、社長は。弱い者をいじめるだけで、自分じゃなにもしようとしない連中だって言ってた。それでも、やくざになるしかないと思ったらしい。その時、大下先生に会ったんだよ」

「よく喋るな、おまえ」

「怕いんだ。喋ってないと、怕い。社長がどうなっちまうのか、どうしても考える」

高樹はゴロワーズをくわえ、ロンソンで火をつけた。煙草とライターに、牧原はちょっと眼をくれた。

「幸太がくれた」

「そうかい」

「別れの挨拶のつもりだったのかな。十何年も前のな」

「なにがなんでも、社長を逮捕しなきゃならないのかい？」

「そろそろ、田代幸太って名前も特定されるだろう。もうされてるかもしれん。そして逮捕されるよ。野良犬みたいに追いつめられて、手錠をぶちこまれる」

「その前に」

「高飛びは無理さ。誰が、飛ばしてくれる。そう簡単に、もの事ってのは運ばんものさ。俺は、俺の手で手錠を打つのが、友情だと思ってる」

「恰好つけたって、所詮あんたは刑事《でか》だろう。社長を逮捕して、成績をあげたいだけだろう」

「もういい」

高樹は、牧原の腰に手を回して、手錠をはずした。

「行けよ」

「なんで?」

「邪魔だからさ。俺は、幸太の手にだけ、手錠を打てばいいんだ」

「あんたがそうするとわかってて、俺が大人しく行けると思うかい。あんたをここでぶちのめせば、社長は時間を稼げる」

「やってみろ、坊主。俺は甘くはないぞ。今度は殺す。俺が幸太を追うのを邪魔するやつは、死ぬ思いをするよ」

「待ってくれよ」

牧原は、手首をじっと押さえてうつむいていた。

「俺も、連れていってくれ。ひとりじゃ、社長にゃ会えそうもない」

「降りろ」

「頼む。俺は社長が、命を捨てるような真似をするんじゃないかと、心配なんだ。あんたなら、社長に追いつくかもしれない」

「降りろ、坊主。蹴り出すぞ」

「友だちなんだろう、社長の」

高樹は手をのばしてドアを開けた。牧原は動こうとしない。運転席のドアに背を押しつけ、高樹は思いきり牧原の腰を蹴った。

車から転がり落ちた牧原が、うずくまっている。エンジンをかけた。

また見失った。そう思う。ほんのちょっとした影。牧原はそれにすぎなかった。

ただ、ひとりは逃げて、幸太のもとへ戻ったはずだ。つまり幸太は、高樹がまだ追い続けていることを知っている。知っていて、幸太はどうするのか。ただ逃げるのか。それとも、どこかで待っているのか。

幸太に、ほんとうに逃げる意志があるのかどうか、高樹はずっと考え続けてきた。自分で、高浜を殺した。そう決心した時、幸太はすべてを捨てる気になったのではないのか。高樹の知っている幸太は、そういう男だった。自分を放り出してしまう。幸太にはできて、高樹にはできないことだった。

しかし幸太には、何人か取り巻きがいる。金で雇われたのではなく、本気で幸太を守ろうとする男たちがいる。幸太は、その男たちの言うがままに動くだろう。そういう男でもある。預ける。よく言ったものだ。自分の大事なものを預ける。自分の躰を預ける。命を預ける。運を預ける。

俺が預かってるんだ。呟いてみた。幸太のなにかを、確かに預かっている。預け、預けられるという言葉こそ交わしはしなかったが、心の底でなにかを預け合った。それは、十数年前もいまも、変るはずがない。変えてはいけないものだ。

腐れ縁ってやつさ、幸太。また呟いた。道路に車は多くなり、横浜駅へむかう交差点には、交通整理の巡査が出ていた。

腐れ縁さ。何度も呟いた。つまりは、幸太と二人で焼跡で生きた時、なにかを摑んだ。男はどうあるべきなのか。死ぬなら、どう死ぬべきなのか。それが、消えることなく心の底に残っている。消してしまいたいと思いながら、十数年消えることはなかった。幸太と二人で摑んでしまったそれは、多分、一生消えることのないものだろう。そういうものを、ともに摑んでしまった。やはり、腐れ縁だ。

警察車は、きのうより少なかった。清水まで引っ張り出された連中は、いまごろあのあたりの聞込みでもしているだろう。

すでに、刑事ではなかった。刑事でいたいとも思わなかった。手帳と拳銃と手錠は、たまたま刑事だった時から、持ったままでいたものだ。

使った方がいい時は、使う。時間はないのだ。その時間を、手帳はいくらかでも稼いでくれるかもしれない。

横浜駅の近くで、車を停めた。

コロッケパンと牛乳を一本買う。きのうの昼食の後から、なにも口には入れていなかった。空腹感があるわけではない。ほとんど味もわからなかった。口に押しこんだパンを、牛乳で流しこみながら、頭の中では、これまでのことを整理し続けていた。

第五章

1

むかい合うと、どこか口もとが貧相な印象の男だった。身長は百七十六センチの高樹と、それほど変らない。眼は鋭く、五十近い年齢の割りには、髪が黒々としていた。仕立てのいい背広で、堂々とした押し出しというやつだ。

「おかけください」

事務所の部屋はひとつだけで、衝立《ついたて》のむこうに相馬のデスクがある。こちら側のデスクは二つで、ほかに革張りの応接セットがあった。キャビネットなどの調度は、古いが格調がある。そういう趣味を持った男だろう、と高樹は思った。

「県警ではなく、警視庁の一課の方ですね」

「男をひとり、追ってましてね」

「ほう。私となにか繋がりがあるのかな」

「あんたに、海外逃亡の手助けを頼んだらしい」

高樹の顔を見つめていた相馬が、口もとだけで笑い声をあげた。眼は笑っていない。

若い男が、茶を淹れて持ってきた。

「女の子を使いに出してましてね。近所に喫茶店もない。男の淹れた茶で済まんですが」

若い男は、相馬と一緒に車で新港埠頭へ行った男だった。運転手は見かけない。車もいなかったから、女子事務員が使いのために乗っていったのだろう。

「九時四十五分ごろ、どこにいました？」

「いきなりですな。新港埠頭だったかな？」

相馬が、若い男の方を見た。男が頷く。大人しそうだが、手にタコができていた。空手をやっているのだろう。なで肩で、こういう体型の男が実は手強いと、高樹は経験で知っていた。

「気になる電話が入りましたんでね。ちょっと出かけてみたわけです」

「気になるとは？」

「高樹さんでしたかな。一方的な質問というのは、私はあまり好きじゃない。まあいいでしょう。重大なものを見せたいという電話でしたよ。それで取引したいと。それがなにかは、はっきり言いませんでしたが」

「高飛びの請負いをしようとしてたんじゃないのか？」

「君、なにを言ってるんだ」

若い男だった。高樹は無視していた。

「値段が折り合わずに断った。ネタはあがってるぜ、相馬」

「ふざけたことを言うな。それが、警察官の言い草か」

若い男の顔に、高樹は出されたばかりの茶を浴びせかけた。わっ、という叫び声があがった時、高樹はロープで男の腹を打ち据えていた。躰を折った男の首筋に、もう一発打ちこむ。倒れた男の手首に素速く手錠を打ち、スチーム暖房器の管に繋いだ。

相馬は、腰をあげ、啞然《あぜん》として突っ立っている。

にやりと笑って、高樹は相馬の仕立てのいい背広の襟を摑んだ。

「なんてことをする。令状を持ってやっていることか」

「俺の思いってやつが、令状なのさ」

「おかしいんじゃないのか。私には、県警に知り合いもいるぞ」

「おまえの、濁った酒を飲まされたお偉方なんて、どうでもいい。馬鹿だな、おまえは。警察のお偉方なんて、危険だと思った時の逃げ足は、犯罪者以上さ」

「とにかく、私は抗議する」

高樹は、腰の後ろに吊ったホルスターから、拳銃を抜いた。ニューナンブ、三八口径のリボルバーである。弾倉から、五発抜いた。

「抗議したけりゃ、こいつに抗議するといいぜ。一発だけ入ってる。引金を引くよ。弾が出なけりゃ、その抗議は正当なものとして認めよう。ただし、五つまでだ。最大な。はじめの抗議で、弾が出てくる確率は、六分の一ってことだ」

「ほんとうに、刑事か、君は？」

「刑事《でか》にも、こんなのがいる。長く勤まるわけはないがね。いまのところ、手帳も拳銃も持ってるよ」

「そんなことをして」

「小悪党にかぎって、自分の権利だけを主張するもんさ。言っとくが、俺は県警のお偉方みたいに甘くないぞ。おまえの命なんて、この世にない方がいいと思ってる」

「なにを、知りたいんだ？」

相馬の声が、かすかにふるえを帯びた。

「依頼人からの電話は？」

「なんの？」

言いかけた相馬の口の中に、高樹は銃口を突っこんだ。引金を引く。相馬の躰がピクリと動き、眼が見開かれた。

「弾は、出なかったな。これで、確率は五分の一になった」

「待ってくれ」

「待てない。俺の質問には、一秒以内に返事をしろ」

銃口を、相馬の額に当てた。汗が、額から鼻の脇に流れ落ちてくるのを、高樹は感じた。必死だった。ここで、なにか摑まないかぎり、幸太を手繰り寄せる糸はなにもない。

幸太の性格を考えると、吉山に頼ることはしないだろう。とすると、いまのところ高樹が摑んでいるのは、相馬しかいない。

左手で、額の汗を拭った。

「電話は、あったか？」

「十時半ごろに」

「どこから」

「わからないが、公衆電話だった。街の音が聞えていた」

「なにを言ってきた」

「安くしろと。全額前払いにするから、安くしてくれと」

「受けたのか？」

「いや。安すぎる。金を、それほど持ってはいないらしい。頼み方は、ひどくしつこかった。本人じゃないという感じもあった」

「埠頭で会った、若いのか？」

「違う。もっと落ち着いた、少なくとも三十以上の声だ」

安岡。多分、間違いはないだろう。若い二人のほかに、安岡が幸太には付いている。

「断ったら、簡単に引きさがったのか？」

「漁船でもなんでもいいから、船を紹介してくれと、馬鹿なことを言った」

確かに馬鹿なことだった。幸太が焦っているのか。それとも安岡が焦っているのか。

「おい、落ち着いて構えるな。おまえのような人間は、世の中にいない方がいい、と俺は思ってるんだ。俺の指は、時々、俺の気持に忠実すぎてね」

「喋ってる。全部喋ってる」

「それで、電話の続きは？」

「金を、とにかく少し払う。それで船に乗せてくれと言った。残りの金は、二、三日で払うと。私は、前金で全額でなければ話に乗れないと言った。ただ、前金で払うなら、二割安くしてもいいと言った」

「二割安くしても、べらぼうな金だな」

「私も、危険を冒すんだ」

「海に放りこんで、魚の餌にすることがか。笑わせるなよ」

若い男が、低い呻きをあげた。

「同じことをやつに訊くぞ。違っていたら、額の真中に穴をあけてやる」

「話を聞いてくれ。な、君がなにを求めてるのか知らんが、私と取引しようという気持にはなれないか。損な話じゃない」

「取引はしてるよ。おまえの命と引き換えに、話を聞いてるんだ」

若い男がまた呻き声をあげ、脚を動かした。それから、スチームの管に繋がれた自分の姿に気づいたようだった。暴れはじめる。腹を蹴りつけると、大人しくなった。

「もっと、腕の立つ用心棒を雇った方がいいな。空手のタコなんかをひけらかしているやつは、こんなもんさ」

相馬は、黙って高樹を見ていた。拳銃は構えたまま、高樹はゴロワーズに火をつけた。幸太がくれたロンソンは、実に軽く着火する。くわえ煙草のまま、高樹は二、三度煙を吐いた。

「さてと、その依頼人がどこにいるか、喋って貰おうか」

「わかるわけがないだろう」

「どこだと思った。それでもいいぜ」

「大きな通りのそば。車の音が、何度か聞えたんで、そんな感じがした。どこの通りかは、わからない」

「ほかには？」

「待ってくれ。無理だ、そんなこと」

「おまえの方で、なにか言ったか？」

「しつこかった。だから、山科丸の船長に当たってみろ、と言ったよ」

「その船は？」

「いま、G埠頭にいる。千五百トンほどの貨物船だ。船長は人を運ぶが、私の二倍は請求すると思う」

「値段に関しては、黙ってたんだな」

「交渉の仕方による、と言った」

「御親切なことだ」

煙を吐いた。山科丸に行った可能性はある。いまは、どんなものにでも頼りたいという気持だろう。しかし値段の折合いがつくわけはない。そうなった時、次にはなにを頼るか。

吉山という線は、幸太が拒むだろう。それでも、安岡は吉山に頼むだろうか。

「吉山って男は知ってるな？」

「陳という華僑のことだ」

「やつはルートを持ってるな？」

「持ってるが、知らないと思う」

吉山のルートを知っていれば、当然そちらへ行くはずだ、と相馬は思っているようだ。

銃が怕くて、嘘をつく余裕がないというところか。

「どういうルートだ？」

「詳しくは、わからない。お互い、そんなことは調べ合ったりしない。ただ、吉山に関係の深い船は、三日後にならないと入港しないはずだ」

「なんという船だ？」

「アフリカの船籍で、『グロリア・ハップマン』という。どういう会社の船かは知らない。台湾、香港、シンガポールを中心にして、東シナ海で荷を運んでる。小さな船だ。華僑の荷だけで。八百トンというところかな」

「あんたの船は？」

「早く出港する船に、話をつけられる」

「貿易より、そっちで儲けてるわけか」

「まさか。海外に逃げたいという男は、年にひとりか二人だ」

短くなった煙草を、高樹は床に捨てて靴で踏んだ。

「金庫を開けろ、相馬」

「そんなことを」

「気が急《せ》いてる。指が動きそうだ」

相馬が、ちょっとためらう気配を見せた。高樹は、脱いでいたコートで拳銃を包みこんだ。

「待て、待ってくれ」

「こうすりゃ、音が出ないことも知ってるらしいな。俺は本気だよ」

相馬が、衝立のむこうの金庫の前にしゃがみこんだ。扉が開くのに、大して時間はかからなかった。

「この通り、金なんかない」

書類の袋がいくつか入っているだけだ。ひとつひとつを、高樹は覗きこんだ。同時に、相馬の表情も見逃さなかった。

「これを、預かっておくぜ」

「待ってくれ」

「なんでも、待ってくれだな」

明らかに、相馬の表情が変った書類袋だった。中身がなにかはわからないが、相馬は飛びついてきそうな気配を示した。

「金は、いくらでも払う。それを持っていかれると私は」

「自分の運を試せ」

飛びかかってきた相馬の腹を蹴りあげ、後頭部に拳銃を叩きこんだ。躰を痙攣《けいれん》させ、それから相馬は動かなくなった。

若い男の手錠をはずした。気絶してはいなくて、見つめてくる眼と合った。

「ボスを起こしてやれ。もっとも、おまえは首を切られるかもしれんがね。ひとつだけ忠告しておこう。男が、客にお茶なんか淹れないようにしろよ」

事務所を出た。

G埠頭まで、車を飛ばした。ノースピアの近くで、米軍のトラックが数十台連らなって走っていった。

山科丸はすぐに見つかった。

高樹は、タラップを駈けあがっていった。居住区《ハウス》の左側。船長室らしい部屋のドアをノックした。

「なにかね？」

トックリのセーターの上に制服を着ている男が、顔をあげた。高樹の身なりを見て、ちょっと呆《あき》れたような表情をする。コートの左肩がナイフで裂かれ、袖が取れそうな感じになっている。おまけに、頭の繃帯だった。

「急いでる。質問にだけ答えて貰いたい」

手帳を出し、高樹は言った。

「一時間ばかり前に、密航させてくれと言う男が来なかったか？」

「密航？　冗談じゃない」

「俺も、冗談を言ってる暇はない。この船に来たのも、理由があってのことだと思ってくれ。来たか来ないか、それだけ答えろよ」

船長は、軍人のように姿勢がよかった。想像したよりずっと老人だった。顔の皺《しわ》が深く、頭髪は半分白い。

「来たが、追い返したよ」

「いつ?」

「十一時を回っていたかな。中年の男がひとりだった。三十四、五ってところだろう。あんたみたいに、いきなり部屋に飛びこんできたよ。かなり殺気立ってもいた」

「それで」

「それだけだよ。迷惑な話なんでね」

「ひとりだけだったのか?」

「ああ。グレーのオースチンで、タラップの下へ乗りつけてきた。ちょっとした映画みたいな感じだったね」

船長が、かすかに笑った。

「あんた、ほんとに刑事かね。人でも殺してきたような顔をしてるよ」

「だろうな」

「自分でもわかってるのか」

「人を殺したいような気分なんだ、キャプテン。あんたは、かなり悪《わる》だって話だが」

「俺は、人に殺されるようなことをした覚えはない。犯罪か犯罪じゃないかは、自分で決めることにしてる。だから俺は、犯罪も犯しちゃいないね」

「勝手な理屈だ」

「法律ってのが、そもそも勝手なのさ。俺みたいなのが、世の中にいてもいいと思ってるよ」

「オースチンは、どっちにむかって走っていった？」

「運河さ」

「俺は、方向を訊いただけだぜ」

「途中で方向は変えたかもしれん。しかし、運河から来て、運河へ帰ったね」

「横浜は、詳しいのかい？」

「庭だな。海も庭だが」

「なぜ、運河だと言いきれるんだ？」

「小麦粉にまみれてたよ、オースチンが」

「小麦粉？」

「だから、なんとなくそう思った。それ以上は、自分で調べりゃいい」

「なぜ、きちんと教えてくれないんだ？」

「追ってるんだろう、あの男を。フィフティ・フィフティというのが俺の主義でね。これくらいで、追う者と追われる者が、フィフティ・フィフティってとこだろう。同じように、殺気立った眼をしてる。いい勝負になりそうな気がするな」

「意地が悪いね、キャプテン」

「とにかく、俺が教えられるのは、それだけだ」

「わかった」

高樹は、船長からそれ以上訊き出すのを諦めた。拳銃を突きつけても、この男は笑うだけだろう。それがなんとなくわかる。

「あんな悪評が流れるような人には見えないがね、キャプテン」

「俺自身が、面白がってるところがあってね。時々、あんたらのようなのが飛びこんでくる。追い返し方には、いろいろあるが」

「自分で作ってる悪評か」

「輸送船の一等航海士だった。戦時中の話だがね。そこで、一度死んだよ」

高樹はちょっと片手を挙げ、部屋を出てタラップを駈け降りた。

2

運河沿いの倉庫を当たった。

ダルマ船から、直接小麦粉を出し入れしている倉庫。そんなものは、いくら捜しても見つからなかった。正午を回り、午後一時も回った。第一、横浜の運河といったところで、調べきれないほどある。

横浜の地図を買いこみ、倉庫会社で小麦を扱っている倉庫の情報を仕入れたが、虱《しらみ》潰しに当たるだけでも、丸一日はかかりそうだった。神奈川県警の協力があれば、もっとたやすく調べられるはずだ。

カンさえも、働かなかった。たとえ丸一日かかろうと、虱潰しに当たっていくしかない。新港埠頭から、次第にノースピアの方へ近づいていった。倉庫の外観を見て、穀物を扱っていそうだと思える倉庫は、残らず覗きこんでいく。倉庫番がいて咎めるところは、手帳にものを言わせた。

あまり車がいないところに、車が二台出てきた。男が五人。道を塞がれた恰好だ。

「どけよ」

車を降りて、高樹は言った。油断してはいなかった。男が三人近づいてくる。二人は横に回った。どけよ、と高樹はもう一度言った。真中の男が、匕首《ドス》を抜き払う。

「どけと言ってるのが、わからんらしいな。おまえらみたいな連中を、相手してる暇はないんだよ」

「でけえ口利くじゃねえか」

五人という数をたのんでいる。幸太を守ろうとする男たちではないようだ。牧原の眼にあったような必死さがない。

三メートルほどに近づいた。

「持ってるものを返しゃ、死ななくても済むぜ」

相馬が雇った連中なのか。持っているもの。相馬の金庫にあった書類袋しか思いつかない。それは車の中だ。

コートのポケットの中で、高樹は手錠を握った。次の瞬間、横にむかって跳んだ。顔の真中に手錠を叩きつけられた男が、鼻を押さえてのたうち回った。叫び声を、高樹はあげた。匕首。左腕で受けた。そのまま、手錠を二度叩きつける。跳んだ。ぶつかり合う。膝で蹴りあげた。手錠。下から上。ひとりの男の、頬の肉が飛んだ。蹴り倒す。後ろから、ぶつかられた。横からきた匕首はかわしたが、足をひっかけられて倒れた。路上を転がる。立った。低い姿勢で突っこんでいく。匕首を手錠で弾き飛ばし、肘を顎に叩きこんだ。殺せ、と言っている声が聞えた。手錠が空気を裂く。男たちの荒れた息遣いが、高樹を包みこんでいる。

死ぬことなど、怕くもなかった。いつかは死ぬ。そう思うしかない。血まみれの顔の男が、けもののような唸り声をあげてつかみかかってきた。ぶつかった。男の腰に抱きつき、抱えあげて後ろに投げ飛ばした。蹴りつけられる。腹。躰が折れるのを、かろうじてこらえた。手錠。下から上。なぜ、拳銃を使わないのか。一発でも撃てば、連中は怯《ひる》むはずだ。

なにかが、高樹を駆り立てていた。銃などで闘いたくない。肉と肉をぶつかり合わせて、闘いたい。理由はなかった。ただの欲求。しかし、強烈な欲求だった。

息があがっている。匕首。腹。コートを裂いただけだ。手錠を頭に叩きつけた。三発ほど、続けざまに食らった。躰が、宙に浮いている。路上に落ち、立った。もう一度、叫び声をあげた。

どう暴れたのか、自分でもわからなかった。額から血を流した男が、ひとりで立っているだけだ。四人は、倒れている。

もう動けなかった。立っているのが精一杯だ。視界が、ふっと白くなって、また元に戻った。五人が、車の方へ戻ろうとしている。二人は這っていた。

車。エンジン音。二台が、高樹にむかった。はじめて、高樹は腰の拳銃を抜いた。無意識に構えていた。手に反動が来た。一台のフロントグラスが割れている。車が停った。後退していく。突っこむのはやめたようだ。

視界から、車が消えた。

高樹は、ポンコツのプリンスに戻り、運転席でしばらくじっとしていた。

腕から血が流れている。左だ。コートも上着も脱ぎ、傷口に繃帯を巻いてきつく縛った。出血の量は、大したことはないだろう。

短い時間、意識が途切れた。

気づいた時、ハンドルに額を載せる恰好をしていた。ドアを開け、外に上体を出して、胃の中のものを少し吐いた。

時計がなくなっていた。何時なのか。まだ明るい。夕方までには間があるはずだ。

車を出す。遊びのないクラッチを、躰が覚えこんでいた。

高島桟橋が見えてきた。

岸壁の外国船のそばに車を停め、高樹はしばらく放心していた。もう吐きたくはない。ただ、頭の中が時々空白になる。

眼を閉じた。次に眼を開いた時、周囲は薄暗くなっていた。

幸太が高浜を殺ってから、もう丸一日が経つのか。横浜にいるとわかっていながら、まだなにも摑んでいない。清水までおびき出した連中も、そろそろ諦めて戻っているだろう。また、街が警察車だらけになるのかもしれない。

「どうしたんだね、兄さん？」

車を覗きこんでいる男がいた。仕事帰りの沖仲士といったところだ。

「怪我してんじゃねえのか？」

「いくらかな」

「大丈夫なのか？」

「死んじゃいない。死んじまったら、やりたいことができなくなる」

自分を抑えられなくなっていたのだ、と高樹は思った。ふっと、闇市で十数人を相手にして死んだ、岡本という男のことを思い出した。斬り刻まれても、苦しそうな顔さえせず、薄笑いを浮かべて立っていた。

あの男から預けられた短剣で、幸太は高浜を刺したのだった。

「小麦の倉庫、知らないか？」

「さあな」

「運河のそばさ」

「小麦でも、買うんかね？」

「まあね。パン屋なんだ」

「それなら、ここをずっとあがってってみな。パン工場の倉庫がある」

「パン工場の倉庫？」

「いまは使ってねえよ。倉庫の前は、ほんとのパン工場だったよ」

「そうか、ありがとうよ」

「兄さん、怪我なら病院に行った方がいいぜ。病院だって、この近くにある」

「もっとひでえとこがあってね。そっちを治療してからってことだな。それが治療できなきゃ、それこそ俺は死んじまう」

男が、かすかに首を横に振った。

高樹は、ゆっくりと車を出した。この際、パン工場であろうがなんであろうが、調べてみるしかない。それほど、時間が残されているとは思えないのだ。

線路沿いにしばらく走り、東神奈川の駅の手前で踏切を横断した。

横浜駅近辺は、関内や桜木町あたりと較べると、まだ車が少ない。建物は増えているが、繁華街もやはり関内が中心だった。

すぐには運河が見つからず、高樹は車を停めて地図を開いた。

運河沿いで、とにかくなにかを捜してみるしかない。山科丸の船長は、運河と小麦粉と言ったのだ。それがでたらめだったとしても、ほかに捜す当てはなかった。それに運河と小麦粉というのは、簡単に思いつきそうな嘘ではない。

地図を畳んだ。二年前捜査で駈け回った時と較べても、街はだいぶ変っているようだ。

横浜駅西口のそばを通過した。

不意に、前方を車が塞いできた。見覚えのある車だ。

降りてきたのは、松井警部補だった。車は、高樹が東京から乗ってきたやつだ。

「ひでえな、高樹」

松井は、大きな躰を折り曲げるようにして、車の中を覗きこんできた。

「松井さん、清水まで行ったんですか？」

「やっぱり、誘導だな。俺がそんな手に乗ると思うか。清水まで行って、一日じゅうあのあたりを嗅ぎ回ってたのは、小林さんだよ。県警の応援の連中も一緒に、もうこっちへ引きあげてる」

「そうですか。松井さんは、ずっと横浜にいたんですか？」

「俺が来たのは、午後二時だよ。それからずっと、西口にいた。途中で、あの車を持ってきて貰ったんで、それからは吹きっ晒しに立っていなくても済んだ」

「何時ですか？」

「五時半になろうとしてる」

確かに、街はもう闇に包まれようとしていた。

「なぜ、西口で？」

「理由はねえな。とにかく、おまえを捜さなくちゃならなかった。それで、車が多い場所に眼をつけて、じっと待つことにしたんだ。横浜ってのは、多分動かないだろうと思った。清水のあれが、誘導ならな」

松井が、助手席に乗りこんできた。

「どうも、発砲事件がひとつあったらしい。大乱闘も目撃されてるしな。県警じゃ、やくざ同士のやり合いか、車のバックファイヤーじゃねえかと見てる。一発だけだったたんでな。よく、通報があるそうだ。米兵が発砲してたころを、みんな忘れてねえのさ」

「俺は、一発撃ちましたよ」

「それで」

「車のフロントグラスを撃ち抜いただけです。拳銃を持ってるってことを教えなきゃ、こっちが危いような状況でしたから」

「乱闘も、そいつらとか?」

「五人、いました」

「なにがなんでも、ひとりでやりてえらしいな、おい」

「終ったら、手帳も拳銃も返しますよ」

「そりゃまずいな。課長は認めねえぞ。見つけ出して連れてこい、と命令されてる」

「すぐに、逮捕ってわけですか?」

「課長は、事情を知りたいのさ。おまえが連絡を入れてくると思ってたみたいだ。とにかく、課長が行けと言って、おまえ飛び出したそうじゃないか。連絡を入れなかったこと以外で、おまえの責任は問わないだろう」

「大人しく帰れ、と松井さん言ってるんですね?」

「一応はな。課長に、捜し出して連れ戻せと命令されてるし。おまえを見たんだ。黙ってるわけにゃいかねえ」

高樹は、ゴロワーズに火をつけた。

「高浜殺し、犯人《ホシ》は割れましたか？」

「割れた」

「誰です？」

「俺は知らん。割れたと聞いただけだ。一応結論に達したものの、指名手配にまでは到ってないらしいぜ」

松井が、知らないはずはなかった。なんのために、知らないふりをしているのか。

「いまのところ、犯人《ホシ》が横浜だっていう手がかりは、なにも出てない。だから、捜査は現場の検証や聞込みからはじまってる。つまり定石の捜査ってやつさ」

煙を吐いた。胃がむかついてくるのを、高樹は耐えていた。

「それとは別に、本庁の車が横浜で目撃され、おまえが動き回ってることがわかった。だから、なにか出ればすぐ横浜に対応できるように、小林さんを横浜に来させて、おまえをマークした。ところが、清水まで行って、一日潰しちまった」

「俺は、清水あたりまで走ってみたかっただけですよ」

「まあ、いいさ。いまのところ、捜査本部も横浜ってのは、頭の片隅に置いてるだけだ。小林さんも、今夜は、それほど遅くまで捜さないだろう」

「でも、松井さんが俺を連れ戻す役でしょう。このまま、連れて帰りますか？」

「大人しく、帰ってくれるか？」

高樹は煙を吐き続けた。短くなったゴロワーズが、指さきを焼いた。

松井から、どうやれば逃れられるか。やり合って、負けるとは思わない。しかしやり合えば、その瞬間から高樹は正式に追われる身になる。県警も、本格的に動きはじめるだろう。そうなれば、逃げるのが精一杯だ。

「課長も、俺に命令したものの、まだ迷ってる。おまえはおまえで勝手にやらせておいて、捜査は捜査で続ける。おまえがなにかやっても、それはおまえの責任にできるし、犯人《ホシ》でも逮捕《あげ》りゃ、自分の手柄になる。ただ、状況がわからなくて、苛立《いらだ》ってるな」

「坂本警部は？」

「大変な時にどこかへ飛び出していったと、カンカンに怒ってる。表面上はな。裏じゃ、なにか複雑な事情があるようだと考えてるんだろうな。ただ怒るだけだ」

「松井さんは？」

「俺は、おまえを見つけたさ」

「どう考えてるのかってことです」

「なにも」

「俺には、言いたくないってことですね」

高樹が煙草を捨てるのと交代するように、松井がピースに火をつけた。しばらく、煙を吐き続けている。ポンコツのプリンスは、たちまち霧でも流れこんできたようになった。窓ガラスを半分降ろす。半分までしか降りないのだ。

「俺は、なにも考えちゃいねえ。考えるのを、やめとこうと思ってる」

「ただ、命令通り俺を連れ戻すってわけですか」

「おまえと会えばな」

「こうして、会ってますよ」

「知ってるのは、おまえと俺の、二人だけだ。違うか？」

「なぜ？」

「出かける時、大島警部に呼び止められた」

大島が、警部補、警部として捜査一課にいた時、松井は、巡査や巡査部長として下にいたはずだ。いわば、大島が手塩にかけた刑事というのが、松井だった。高樹は、三年足らず大島の下にいただけだ。

「できるかぎり、おまえをひとりで走らせてみろ、と言われた。事情を、警部が知ってるのかどうかは、わからん。なにも説明はしなかった。ただ、刑事《でか》として不適性なところが、おまえにゃあるそうだ。それは、ひとりで突っ走って直すしかないと言ってた」

「だから、手帳と拳銃は」

「すべてが終ってからにしろ、それを言い出すのは」

「わかりました」

「大島警部が、俺になにか註文をつけたのは、二年ぶりぐらいだ」

「松井さん、行かなくなったんでしょう」

「代りに、おまえなんかが行けばいいんだよ。あの人のやり方を、俺は全部盗んだ。そう思ってるし、あの人にもそう言った」

松井が、煙草を窓の外に弾き飛ばした。

「怪我、ひどいのは左腕か？」

「血は、止まってます」

「頭は、大したことがなさそうだな。一応生きてた、と大島警部には耳打ちしとく。なにかひとつ、責任を感じてることがあるようなんだ」

高浜のスケジュール。数時間の空白が、寸前までわからなかった。大島は、それを気にしているのかもしれない。

松井が、車を降りていった。

黒い警察車に乗りこみ、走り去るまで、高樹はじっと見ていた。松井の車が走り去ったあとは、なにも起きなかった。県警が松井をマークしていたということも、なさそうだった。

夜の街に、車を出した。疲れているのかどうか。腹が減っているのかどうか。怪我がひどいのかどうか。そのすべてがわからなかった。ただ、夜の街になにかを嗅ぎとろうとしているだけだ。

3

娼婦《しょうふ》がひとり立っていた。

車は、運河の手前の小さな空地に突っこんできた。車で走り回るのは、やはりさきに幸太に気づかれる危険がある。

闇の中では、ボロボロになったコートもそれほど目立たない。

「遊ぼうよ、兄ちゃん」

声の感じでは、かなりの年齢だと思えたが、着ているものが派手で、化粧も厚かった。黙って立っていれば、若い女に見える。

「どこで?」

「旅館代、ある?」

「ねえな」

「じゃあね、ちょっと寒いけど、船で」

「船?」

「その辺のダルマ船、畳が敷いてあるのもあるからさ。それなら、五十円で貸してくれるよ」

「住んでるやつがいるのか？」

「風呂がある船もいるよ。ドラム缶を半分に切った風呂だけどね。古くなったダルマ船は、放り出してあるからね。そこに住みついちまうやつがいるの」

「おまえは？」

「あたしは、ちゃんとした家があるさ」

「船にしてくれ」

女が言った金額はわずかなものだったので、ポケットを探って有り金を勘定する必要もなかった。女がさきに立って歩いていく。

ダルマ船に、板が渡してあった。女が声をかける。老人が出てきた。

「チョンの間だよね。五十円、爺《じい》さんに渡してやって」

言われた通り、高樹は十円玉を五つ老人に渡した。酒の匂いが鼻についてくる。

小さな部屋で、ローソクの明りがあった。女は、すぐに服を脱ぎはじめる。その風で、炎が大きく揺れ動いた。

「金は払う。訊きたいことがあるんで、それに答えてくれないか」

スカートを脱ぎかかった女を、途中で止めた。

「なによ、やりたくないの？」

「訊きたいことがあるんだ。金は払う」

「駄目だね。パンパンだから、金さえ払やいいと思ってんだろう。こりゃビジネスなんだからね。あたしが売って、あんたが買う。それがなきゃ、あんたとあたしは関係ないね」

「訊きたいことを喋ってくれる。それもビジネスじゃないか。金は払うんだから」

「あんた、酒屋行って、お人形さん売ってくれなんて言う？」

「売ってるものは、決まってるってわけか」

「パンパンだってね、そんなこと考えたりするのよ。金払えばいいって客が、あたしはむかつくんだね」

「抱いたとしたら」

「そりゃ、お客さんだもんね。お客さんへのサービスってのは、ビジネスじゃ大事だからね」

「わかった。寒いから、脱ぐのは下だけでいいぞ」

「おや、御清潔なだけのお兄さんってわけじゃないのね。心配しなくても、病気はないからね」

　素速く下半身のものを脱ぎ捨てると、女は仰むけに横たわって、脚を開き膝を立てた。高樹もズボンを脱いだ。コートは着たままで、女の躰も一緒に包みこむようにした。

なにか、懐しいような気分が襲ってくる。里子。仲間の中で、ただひとりの女だった。何人にも犯されたが、仲間は誰も汚れたとは思わなかった。幸太は、結婚したのだ。結婚するまでに、二人になにがあったのかは知らない。いろいろとあったはずだ。親父に引き取られ、中学、高校と行かされた自分には想像できないようなことが、いろいろとあっただろう。

女が、かすかに身悶《みもだ》えする気配を示した。低い声。セーターの下に手を入れ、女の柔らかな乳房を弄んだ時、高樹は終った。

「やさしくやるんだね、あんた。そんなことめずらしいから、かえって感じちゃうよ」

躰を離そうとした高樹を、一度抱きしめて女が言った。

「泣いてんの？」

スカートを穿きかけた手を途中で止め、女が言った。涙が流れていることに、高樹ははじめて気づいた。

「遠いな」

「なにが？」

「俺の友だちが、遠いところにいる。遠すぎるよ」

「訊きたいことがあるって、言ってたわね」

「おまえ、毎晩あそこに立ってるのか？」

「客がついてない間はね。場所っての、変えにくいもんよ。同じ場所だと、なんとなく安心できるの」

「パン工場だったところ、このあたりにないか？」

「知らないね。二年ばかり、あたしはここで商売してるけどね」

「ないか。もう倉庫になっちまってるという話だが」

「パンを焼くとさ、いい匂いが流れてくるじゃない。それで大抵わかるはずだけどね」

身繕いを終えると、女は煙草をくわえた。老人が戻ってきた気配は、まだない。

「車、見なかったか？」

「そりゃ、いっぱい見たよ。一応、粉かけてみるんだけどね。車を運転してるの、金持ちが多いし。だけど、大抵駄目だね」

「きのうと今日のことだよ、俺が訊いてるのは」

「どんな車？」

「グレーのオースチンだ。ナンバーは東京のもので、二人とか三人とか乗ってるんじゃないかと思う。小麦粉を被《かぶ》ったようになってるって話もあった」

「オースチンなら、いたね。何度か同じ車を見たわよ。上流の方の、どこかにいるんじゃない」

「そうか」

高樹は、ポケットから五百円札を出して、女に握らせた。

「いいの？」

「チップってやつさ。サービスには、そうするのが礼儀だろう」

「オースチンさ、そんなに遠くの家のじゃないよ。なんとなく、そう思う。でなけりゃ、こんな場所を、ひと晩に何度も通ったりゃしないと思うわ」

「なるほどな」

「もっと大きな道があるんだから。あたしが手を振っても、オースチンのやつら、無視してやがったけどね。近所のやつは、みんなそうよ。男は、自分の家の近くで女を買おうなんてしないからね」

「なかなか、いい推理だよ」

高樹は腰をあげた。

「ねえ、あんた、なんで泣いたの？」

「安心して泣ける場所だ、と思ったのかな。涙なんて、悲しい時に出るだけじゃない。なんとなく、泣きたくなっちまう時も、あるもんだと思う」

「ならいいけどさ」

外に出、板を渡って路上に立った。老人が、そこにしゃがみこんで待っていた。

「ねえ、松爺、このあたりにさ、パン工場とかあったかな。ないよね、そんなもん。いまは、倉庫かもしれないってんだけど」

　老人が、高樹を見あげてきた。じっとうずくまった姿勢のままだ。視線が、なにかを語りかけてくる。高樹は、ポケットを探って、十円玉をさらに五つ差し出した。受け取った老人の手は冷たかった。老人がなにか言うのを待ったが、声は聞えず、手だけ動いて運河の上流の方を指した。

「あるの？」

　老人が、なにか言った。低いこもったような声で、高樹には聞きとれなかったが、女には聞えたようだ。

「ここから、五百メートルばかりさきだって。運河が曲がってるとこがあって、そこがパンの工場だったたって。いまはもう、誰もいないみたいよ」

「ありがとう。助かったよ」

　高樹はちょっと考え、二人に手を挙げると、一度車のところへ戻った。できるだけ、工場の近くに車は置いておいた方がいい。

　同じ道を、車で引き返す恰好になった。

　ライトの中に、女の姿が浮かびあがった。車の中は見えないようで、女はちょっとそそるような恰好を、真剣な表情でやってみせた。アクセルを踏みこみ、スピードをあげて女のそばを走り抜けた。

すぐに、左の路地に曲がる。運河が曲がっているところまで、二百メートルというところだろうか。闇の中に、工場らしい建物は確認できなかった。

エンジンを切っても、高樹はしばらく車から動かなかった。闇の中は静まり返っていて、車の音も遠くでしか聞えない。

十分ほどして、高樹は歩きはじめた。

運河沿いの道に出、上流にむかって歩いていく。ダルマ船が二隻。両方とも、住居に使われているようだ。中から、かすかな光が洩れている。それから、運河の水さえ見定め難《にく》い闇になった。

暗い建物だった。工場といえばそう見えるし、倉庫と言われればそう思うだろう。人がいるような気配は、まったくなかった。

一度、通りすぎた。それから、ゆっくりと引き返し、工場のそばで立ち止まった。入口の木の扉は、横板を打ちつけて塞いである。駄目なのか、とは思わなかった。ようやく行き着いた場所といってもいい。すべてを調べてから、駄目と決めても遅くないのだ。

音をたてないように、扉に近づいた。横板は釘《くぎ》二本で打ちつけてあるだけで、すぐにも抜けそうだった。ちょっと触れてみたが、釘が甘くなっている感じはある。音が出るのを警戒して、それ以上は触れなかった。

入口の扉は、トラック一台でも充分入れるほどの広さがある。高樹は、しゃがみこんで路面を調べた。闇の中でも、濃い部分と淡い部分の色が、かすかに見分けられるような気がした。

ライター。防風を考えていないロンソンは、なかなか着火しなかった。あまり感じないが、風は吹いているようだ。掌で覆って、十数度根気よく続けた。

火がついた。小さな炎が、束の間路面を照らし出して、消えた。タイヤの跡。間違いはない。

高樹は、路面に両膝をつき、指さきを唾液で濡らして、路面に当てた。それをもう一度口に入れる。三度、四度とくり返した。小麦粉の味。ほんとうの小麦粉の味は知らないが、土でも砂でもない、穀物を思わせるものの味が確かにした。

背中に、つっと冷たいものが走った。

ゆっくりと上体を起こす。息は殺していた。気配。すべての神経を、それを感じ取ることに集中した。

なにかいる。生きているものが、闇の底に潜んでいる。錯覚ではない。いまの高樹には、それが確信できた。けもの。どれほど息を殺し、どれほど深い闇に潜もうと、否応なく発してしまう匂い。いま、自分が放っているのと同じ匂いだ。

一歩、踏み出した。猫のように、音をたてずに、歩いていく。破れかかった窓も、板で塞がれていた。これならば、中に入ろうという気を起こす人間はいないだろう。ということは、誰もいない建物だと、はじめからみんな思いこむ。

入口の裏側は、すでに運河だった。

ダルマ船で運んできた小麦粉を、そのまま工場に入れられる。その便利さで作られたパン工場かもしれない。なぜ倉庫になり、なぜ板を打ちつけて閉鎖されたのかは、わからない。

幸太はひとりだけなのか。それとも、やはり取り巻きが何人かいるのか。

幸太がここにいる。それは、確信してもいいことだった。声を出して呼ぼうか。呼べば、幸太は出てくるだろうか。

闇の中に、高樹は不意に気配を感じた。ふりかえる。黒い影。幸太ではない。それはわかった。

影は無言で、静止し、そのくせ溢れるような殺気を発していた。じっとむかい合った。

息遣い。自分のものか相手のものかさえ、わからなかった。じりっと、高樹の方から距離を詰めた。躰の中に、心の中に、満ち溢れてくるものがある。それが破裂してしまうのを、高樹はかろうじて耐えていた。

叫び声。高樹はポケットから手錠を引き出した。下から上へ来る手錠を、充分に予想していたようだ。横へ飛んで、男はかわした。牧原と一緒にいた、若い男だ。

お互いに、一言も発しなかった。高樹は手錠を、男は短い鉄の棒を、構えて睨み合っていた。どこかで、破れるところがある。それを待つ。ほかにやりようがなかった。男はやはり、相討でいいと考えているようだ。

セルを回す音が、高樹の全身を打った。エンジンがかかった。二、三度空ぶかしをして回転をあげている。

男が飛びかかってきたのと、背後で木の折れるような音がするのが、同時だった。男の鉄棒の一撃をかわしながら、高樹は背後に走り去っていく車の音を聞いていた。

「馬鹿がっ。どうする気だ」

男にむかって叫んだのか、幸太に叫んだのか、自分でもよくわからなかった。

男が荒い息をついた。すべての緊張を、車が飛び出していく瞬間に集中させていたのだろう。吐く息の中に、隙がいくつか見えた。それにつけ入り、攻撃する余裕が、高樹にもなかった。

再び、睨み合いになった。

風。鉄の棒。路面が音をたてた。転がりながら、高樹は男の二撃目をかわした。手錠を横に振る。手応えがあった。跳ね起き、前かがみになった男の首筋に、高樹は手錠を叩きこんだ。急所をはずれた。男は路面を転がり、勢いをつけて立ちあがると、棒を低く構えて突っこんできた。

勝負は見えていた。相討という男の気力は、すでに萎《な》えはじめている。

突っこんでくる男の腹に膝を飛ばし、前のめりに倒れたところを蹴りあげた。片膝だけを腹に引きつけた男が、しばらくして低い呻きをあげた。後ろ手に手錠をかける。

車は走り去っていた。道路は遠くまで闇で、エンジンの音もすでに聞えない。

坐りこんで、高樹はゴロワーズに火をつけた。ロンソンは、なぜか一度できれいに着火した。

前の持主を庇ったのか。ライターにむかって呟いてみる。自分の声が、うつろに闇に響いただけだった。

4

車を、倉庫の中に入れた。

小麦粉の袋が隅に積みあげられたままになっていて、その中のいくつかが破れていた。

「なんだって、そんなに幸太ばかり庇うんだ。自分の命が、惜しくないのか」

後ろ手に手錠を打たれて転がったままの男に、高樹は言った。

「あんたこそ、なんでそんなにしつこく社長を追いかける」

「友だちだ。一番大事な友だちだ」

「だったら」

男はそれだけ言って、横をむいた。コンクリートの上で燃やしている木片が、パチパチと音をたてた。炎の明りで、高樹は男の腕時計を見た。九時二十分。

「幸太がどこだか、訊いても言わないだろうな」

「どうしてそう、残酷になれるんだ、あんたは？」

「残酷かね」

高樹は、ゴロワーズをくわえた。焚火に、木片を足す。破れた扉から、木片はいくらでも取れた。ひと晩、燃やしていても尽きはしないだろう。

倉庫に、人が潜んでいたような跡はなにもなかった。車を、ここに隠したというだけのことなのか。

「そろそろ、捜査本部は、犯人を特定して指名手配するぞ。そうなりゃ、刑事《でか》が一匹追いかけてくるだけじゃ済まんよ。どこにいても、警察の眼が光ってる。昼も夜もな。警察だけじゃない。密告屋《タレコミ》がいるし、市民の協力ってやつもある」

「俺は、社長を守りたい。俺が守られたように、社長を守りたい」

「充分、やったじゃないか。所詮、警察を相手に、守りきれはしないんだ」

「そうやって、諦めたくない。諦めたところで、なにかが終る。社長は、よく俺にそう言ったよ」

また、高樹は火の中に木片を投げこんだ。乾いた木で、すぐにパチパチと音をたてはじめる。はじめに燃やした木片は、すでに熾《おき》になってしまっているようだ。

焚火が思い出させるものがある。それを語る相手はいなかった。

遠くからでも、焚火を見ると、なぜかほっとしたものだ。夕方になると、里子は外で焚火をはじめ、飯を炊くのだ。その焚火のせいで、襲われたこともあった。幸太が怒り狂ったが、襲い返して暴れたのは、高樹の方だった。

すべてが、むき出しで生々しかった。幸太と高樹も、むき出しの肉体と心で、闘い合っていたと言ってもいい。

「俺は、自分を追ってるんだよ。わかるか。田代幸太じゃなく、高樹良文という男を追ってる。俺にとっちゃ、田代幸太を追うことは、自分を追うことなんだ」

焚火が、カサッと音をたてて崩れた。

「俺はしぶといね。躰を張って助けてくれるやつが、何人もいるし。つまり、男としてきちっと生きてきたんだ。だからしぶとくしていられるし、助けてくれるやつもいる。そんな自分の姿を見ていると、嬉《うれ》しくなるね、俺は」

「あんたは、社長じゃない」

「そうさ。俺は幸太じゃない。だけど幸太なんだ。幸太も、同じように思ってるさ。自分が追っかけてくるってな」

「わからねえ。そんな言い方、わかるかよ」

「いいのさ。おまえが躰を張ってまで、幸太を庇おうとする。それが俺にわからないように、おまえにゃわからないんだ」

高樹は、火に手を翳《かざ》した。倉庫の中は、広くてなにもない。以前は機械が据えつけてあったらしいコンクリートの台にも、埋めこまれたボルトが出ているだけだった。

「訊いていいかい？」

「つまらないことじゃなかったら」

「つまんねえことだよ。なんで、あんたは刑事になったのか、と思ってさ」

「自分が、自分に問いかけたいことだ、それは」

「社長と組んでりゃ、大きな仕事ができたと思うけどね。社長は、これからさ。これからでかくなるはずだった」

「もう見込みはないぜ。それでも、おまえは田代幸太に忠義立てか」

「そんなんじゃねえ。俺は、あの人が好きなんだ。好きだと思っていられるだけで、いいんだよ」

「淋《さび》しいのか？」

「まさか」

「そんなことを言ってるように聞える。まあ、人というのは淋しいものさ。ぶるぶると淋しさにふるえながら生きてて、時々一緒にふるえ合える相手を見つける」

それが恋であったり、友情であったりということなのか。

火に翳した手を、高樹はこすり合わせた。寒いところでも、それほど苦にせずに立っていられる。それでも火があれば、思わず手を翳している。それが人間というやつだ。だから淋しければ、いつも一緒にふるえ合える相手を求める。

高樹は、それを求めなかった。その代りに、なにをやってきたのか。犯人を追い、手錠を打つことか。それとも、詩を読み、時には書いてみることだったのか。

手が、血で汚れている。忘れたことはなかった。焼跡から、ひとり親父に引き取られた自分は、なおさらそれを忘れるべきではないと思い続けてきた。

「なんだい、それ。社長も、時々口笛でやってるけど」

鼻唄をやっていることに気づいた。歌詞が、途中でわからなくなるのだ。それを、幸太にもう一度教えて貰えるだろうか。調べれば、調べられるはずだ。しかし自分で調べようという気は、高樹にはなかった。

「フォスターって知ってるか。アメリカの音楽家でね。これは『老犬トレー』っていう」

「そんなことを、訊いてんじゃない。なんで、同じ曲をやるのか。違うな。つまり、なんだってことだ、あんたや社長にとって」

「心のふるえかな」

「わからねえな、やっぱり」

「ふるえ合った者同士しか、わからないさ」

煙草をくわえた。ライターは使わず、木片の燃えさしで火をつけた。ゴロワーズが、ひと箱空になっている。まだ封を切っていないものが、二つコートのポケットに残っていた。本庁捜査一課の部屋のデスクには、ほかにいくつかある。

男の腕時計を覗いた。十時半を回っている。高樹は動かなかった。すでに、一時間以上が経過している。

「行かないのかい？」

「どこへ？」

「社長を追って」

「どこへ行ったかわからん。それをどうやって追えというんだ。ここで、待ってることにしたんだよ。おまえのことを心配して、戻ってくるかもしれんし」

「そんなことはない」

「待ってる、と決めたんだ。ここで待つってな」

男が、かすかに首を振った。

「小便に、行かせてくれないか？」

「ここでやれよ。死にはしないぜ」

「ひでえよ、そりゃ」

「俺は、おまえの手錠をはずす気はないんだ。もう一度暴れるほど、寒くはない。ここには火もあることだし」

「暴れない。小便をさせてくれと言ってるだけだ」

「いいよ。禁止した覚えはない」

男がさらに言い募ったが、高樹はもう聞かなかった。

遠くで、車の音がした。近づいてはこない。一度、倉庫の前を車が通ったが、ライトバンだった。人は時折通るが、倉庫の中まで気にして見はしないようだ。

待つことは、大して気にならなかった。いまから街を走り回ったところで、グレーのオースチンに出会える確率はほとんどないだろう。ここまで来たら、もう追う必要はない。高樹が考えた通りだとしたら、そのうちここに戻ってくるはずだ。

「あんた、怪我してんじゃないのか」

男がまた話しかけてくる。

「おまえらがぶっつけたレンガで、額を割られたよ。きのうの夜からいろいろあったんで、繃帯がすっかり汚れちまった」

「頭じゃなく、腕を怪我してるじゃないか」

「だから？」

「よくやると思ってね。時間があるんだ。病院にでも行きゃいいのに」

「余計なお世話だね」

高樹は、木片を小さく折って、火の中に放りこんだ。炎は一瞬小さくなり、それからまた燃えあがった。木片を折るために力を入れると、左腕がしびれるように痛む。なにしろ肩の三角筋と腕の二カ所の傷だ。痛みさえこらえれば、それほど不自由ではない。大きな怪我をした経験はなかった。いつも、きわどいところでかわしてきたのだ。かわしきった危険は、もう危険ではなく、ほんとうの危険がどういうものかわからないような気分に、高樹はよく捜査中も襲われたものだ。

刑事になってから、二度、銃撃戦を経験した。一度は、ノイローゼの米兵が相手で、脚を撃って取り押さえた。二度目は、やくざ者だった。大口径の性能のいい銃を持っていて、すでに二人射殺して、自暴自棄になっていた。その時は、狙って射殺した。班長だった大島は、別に高樹に問うこともなく、肩を狙った弾丸が胸に命中と上に報告した。

そういう銃撃戦は、和也を死なせたやくざ者を射殺した時に較べれば、遊びのようなものだった。

「頼んでいいかな、ひとつ」

「俺に話しかけるな」

「さっきまで、喋ってたじゃないか」

車の音。近づいてくる。高樹は素速く、ポンコツのプリンスのチョークを引きセルを回した。すぐにエンジンがかかる。車はタクシーで、なに事もなく通りすぎていった。

エンジンは、しばらく回したままにしておいた。暖めておけば、すぐにかかる。排気ガスも、これだけ倉庫が広ければ、気にする必要はないだろう。

「せめて、俺の手錠、前にしてくれないか」

車が近づいてきた時の、男の表情の微妙な変化を、高樹は見逃していなかった。

高樹は、男の手から片方だけ手錠をはずし、もう一方を、コンクリートから突き出している鉄筋にかけた。コンクリートの台を崩しかかったことがあるらしく、鉄筋が一部だけむき出しになっていたのだ。

「俺の経験じゃ、前に手錠をかけると、かなりの戦闘力が残るんだ。立った時も、あまりバランスを崩さない」

「いやな警戒心だ、まったく」

「おまえが、ここから消えちまってくれるのが、ほんとは一番いいんだ」

車のエンジンを切った。三十分以内なら、チョークを使わなくてもエンジンはかかるだろう。

「あんたと社長のこと、話してくれよ」

「ほう、次は俺を懐柔するのか」

「いやな刑事《でか》だろうね、あんたは。逃げるやつにとっちゃ、ほんとにいやな刑事だ」

「それでいい。おまえに好かれる刑事《でか》になったところで、はじまらないしな」

自分が刑事の意識で動いている、とは思っていなかった。ならばなぜ、幸太を追わなければならないのか。自分以外の人間が、幸太の手首に手錠を打つのが耐えられないのか。刑事でなければ、幸太を逃がすことに力を貸して当然ではないのか。

躰の芯まで刑事だと思い知る時がある。大島はそう言った。まだ、思い知ってはいない。自分は刑事らしくなく、刑事でなくなっても構わないとさえ考えている。いま、手帳と拳銃を放り出してしまわないのは、その便利さを利用しようと考えているからだ、とさえ言えると思っていた。

「幸太と俺のことは、言葉では説明できないな。十三のころ、二人で二十六だと思って生きた。その時の思いってのの、簡単に説明できることじゃないんだ」

「わかるけどね」

「わかりゃしないさ」

「説明できないようなもんだということが、わかるって意味だよ。社長だって、同じようなことを言ってた」

また、車の音が聞えてきた。

「俺はさ」

「よせよ。グレーのオースチンが戻ってきてる。それを、俺に教えてくれてるようなもんだぜ」

高樹は、車に乗りこんでエンジンをかけた。まだ冷えていないエンジンは、簡単にかかった。

ヘッドライトが近づいてくる。倉庫に近づくにしたがって、次第にスピードが落ちてくる。高樹は、毀れた扉のかげから、近づいてくる光をじっと見つめていた。

多分、どこからか洩れている焚火の明りを確認したのだろう。スピードがあがった。

高樹は車に飛び乗り、道を塞ぐように真直《まっす》ぐに出した。

グレーのオースチン。間違いはなかった。ブレーキの軋《きし》る音がすると、かなりのスピードでバックしていった。横道に曲がる。

高樹は、ハンドルを切りながら、ポンコップリンスのアクセルを踏みこんだ。

5

車の少ない道を、選んで走っているような感じだ。

赤いテイルランプ。なかなか追いつけなかった。それでも、ポンコツにしてはよく走っている。サードとトップを使い分けながら、高樹は走った。エンジンの回転があがりすぎると、すぐにでも停ってしまいそうだ。

いつの間にか、横浜の市街を離れた。ところどころに街灯があるだけで、暗い道が続いた。トップで、思いきり踏みこんだ。百十キロ。その程度のスピードだが、ハンドルがブレはじめている。オースチンのテイルランプが、徐々にだが近づいてきた。追う方が有利だ。暗い道がどこでどれほど曲がっているかも、テイルランプを見ていればわかる。

ナンバープレートが見えるほどの距離に迫った。なんとか、数字も読みとれる。信号。赤。オースチンは構わず突っこんでいく。高樹も続いた。街に入っていた。そこを、すぐに抜けた。

右へ右へと、オースチンは進路をとっているようだ。左へむかえば、やがては海になるはずだ。それは避けたがっているようだった。

オースチンのスピードがあがる。テイルランプが離れていく。直線の道だった。踏みこめば、さすがに速い。しかし、直線はいつまでも続かなかった。カーブの多い道。対向車線まで、道幅を一杯に使って曲がっていく。そうすればカーブの角度が緩くなり、速いスピードで曲がれるのだ。オースチンは、律義に片側の車線を守っている。

ちょっときついカーブの手前では、ブレーキで減速し、ギアをサードに落とした。その方が、カーブを出た時の立ちあがりがいい。すべて、パトカー乗務の時に教えられたことだ。曲がりくねった道になると、見る間にオースチンのテイルランプが近づいてくる。

掌の汗。ハンドルが滑るような感じがする。何度も、掌をズボンに擦りつけた。いまひとつ、追いきれない。カーブで近づいても、直線で離される。

山の方へむかっているようだった。

このまま進むと、箱根のあたりに出るのか。カーブの多い道だ。しかし登り坂だと、馬力が足りない。下手をすれば、エンジンが停ってしまいそうな感じさえある。

きついカーブ。高速で入りすぎた。後輪が外側へ流れる、流れた方向へ大きくハンドルを切って、なんとか車体を立て直した。

もう一度、きついカーブ。後輪が外へ流れる、ギリギリのところで曲がっていく。アクセルを踏む右足の爪さきに神経を集中した。カーブを抜けると、オースチンのテイルランプがすぐ眼の前にあった。

抜こうとした。対向車はいない。しかし、馬力が足りなかった。エンジンの音。多分、ギリギリの高回転だ。ギアをひとつ落とせば、加速する前に停ってしまう。

オースチンも、苦しそうだった。カーブでは車体が左右に揺れる。いくらか、登りの道になったようだ。思いきって、三速に落とした。駆動に、ぐんと力が加わるのが躰で感じられる。大丈夫だ。エンジンは回り続けている。登りのきついカーブ。ほとんどバンパーが触れ合いそうになった。左側は山肌で、右の路肩のむこうは崖のようになっている。ちょっと外へ振られれば、そのまま事故に繋がる。

オースチンの車体が、山肌を擦りそうになり、張り出した枝を撥ね飛ばした。

本格的な登りになった。傾斜がきつい時、カーブがきつい時、高樹は三速から二速に落とした。どこかで抜けないのか。前へ出られないのか。オースチンのスピードが落ちたので、いまはポンコツのプリンスにも余裕がある。ただ、前へ出るほどの道幅がないのだ。

登りの直線。右への大きなカーブ。そこだけ、傾斜がゆるくなっている。アクセルを戻し、高樹は少しオースチンとの距離をとった。後ろから見ていても、オースチンがスピードをあげすぎているのがわかる。

クラクションを鳴らした。スピードを落とせ。そう知らせたつもりだった。逆に作用した。オースチンが、さらに踏みこむのがわかった。オースチンの後輪が、左へ流れていく。高樹は、ギアを二速に落とし、さらにアクセルを離した。外へ振られたオースチンが、左の尻を山肌の岩にぶっつけるのが見えた。

次の瞬間、オースチンのヘッドライトが、周囲の樹木を横にぐるりと照らし出した。スピンしたオースチンが、こちらむきになり、さらに右の尻を山肌の土に突っこんで停った。前後とも、右の車輪は路肩に落ちている。

ポンコツのプリンスは、登りの道を二速のエンジンブレーキだけで停りかかっていた。ローに落とし、オースチンに近づいた。十メートルほどの距離で停め、ギアをニュートラルにして、サイドブレーキを引いた。ヘッドライトはつけたままだ。

額の汗を、高樹は掌で拭った。

オースチンもライトは消えていて、闇の中で高樹の車のライトに照らし出されているだけだ。運転席の男の姿も見えた。怪我はしていない。道路から反対側に落ちていれば、こんなことでは済まなかったはずだ。

脚が強張っていた。

高樹が車から出ると、オースチンのドアも開いた。出てきたのは、ひとりだけだ。幸太ではない。『孔雀』の、若い方のバーテンだった。

「無茶やるな、安岡」

「オースチンだから、あんたのポンコツは振りきれると思ったよ」

「腕が違う」

「らしいな。どうしてあんなに速く曲がってこれるのか、ミラーを見ながら不思議に思ってた。俺は、自分の限界で曲がってきたつもりなんだが」

高樹は、ゴロワーズをくわえ、ロンソンで火をつけた。吐く息が、ライトの中で白く照らし出されているが、寒さはそれほど感じなかった。

「西尾は？」

「あの小僧か。倉庫に、手錠で繋いできたよ。どこへも行けないな」

「待ってたのか、俺が戻ってくるのを」

「ああ」

「社長でなくて、悪かったな」

「まあ、そうだろうとは思ってた」

お互いに、数歩近づいた。ゴロワーズの煙がのどにひっかかる。若い二人と違って、安岡には、さすがに隙がなかった。

「いやだな。あんたとやり合って、ただで済むとは思えん。もしかすると、殺しちまうかもしれんよ、良文さん」

「高樹って名だ」

「社長は、そう呼んでる。俺らにもね」

「そう呼んでいいのは、幸太だけさ」

「二人とも、頑固だね、若いのに。社長は、絶対に俺に高浜を殺らせようとはしなかった。自分の手で殺るか、俺にやらせるか。社長にとっちゃ、大違いなんだね」

「忘れたくないのさ。焼跡で生きながら、男になっていった時のことをな」

「馬鹿だと思うが、そういう社長が好きなんだよ、俺は」

安岡も煙草をくわえ、ジッポで火をつけた。五メートルほどの距離か。それ以上は、お互いに近づかなかった。近づく時は、ぶつかる時だ。

「俺ひとりで、当てがはずれたね、高樹さん」

「予想はしてた。ただ、追っかけて捕まえてみないと、はっきりはわからないからな」

「ほう。社長がいるところも、わかってる？」

「あの倉庫にゃ、オースチンを入れてあっただけさ。そりゃ、見ただけでわかった。とすりゃ、あの近くのどこかだろう。おまえをぶちのめしてから、捜す」

「できるかな」

「俺は、闇の中で幸太を捜せる。幸太の方もだ。眼で捜すんじゃない。お互いに通じ合えるものを持ってる」

「そんなに親しくて、なぜしつこく追い回すんだ？」

「俺が、刑事《でか》だからかな。たまたま、刑事だった。ほかのやつに手錠を打たせたくないと、そりゃ思うさ」

言葉が途切れると、闇が深くなった。

高樹はゴロワーズを路面に捨て、靴で踏んだ。

少しずつ、躰を横に移動させていく。登り坂。安岡が立っている位置の方が高かった。少しだけでも、その差を縮めたい。

安岡は、なにげない仕草で、高樹の横の移動に合わせて動いた。高さの差を縮めることを、高樹は諦めた。

「牧原や西尾のようなガキじゃない」

「らしいな」

「はじめから俺がやればよかった、といま思ってるよ」

「同じことだ」

「ひとつだけ、おかしなことに気づいてね。そんなはずはないと何度も思ったんだが、どうも俺は嫉妬してるみたいなんだ。あんたと社長の仲にね。だから、あんたを殺すよ。殺そうと思える」

安岡が煙草を捨てた。

高樹はコートを脱ぎ捨て、ロープを右手にぶらさげた。

睨み合いは、それほど長くは続かなかった。

安岡の背後の闇が動いた。そう思った時、顔に風を感じていた。高樹のロープも、無意識に舞いあがっていた。

刃渡りの長い匕首《ドス》。使い方は半端ではなかった。あと二センチ長ければ、高樹は首から顎を斬りあげられていただろう。

安岡が息を吐いた。高樹は跳んだ。横。それから正面。ロープと匕首の空を切る音が重なり合った。離れる。二人、同時に息を吐いた。すでに、背中には汗が流れている。

安岡の眼が、ヘッドライトの光を照り返して、別のもののように輝いた。高い位置を、安岡は譲ろうとしない。とっさに、高樹はしゃがみこんで姿勢を低くした。低い場所からの低い姿勢。下から上へのロープ。服を掠めた。安岡が、腰を落としかける。走った。安岡の匕首が追ってきた。

位置が入れ替った。ヘッドライトを背にした安岡は、黒い影だけに見えた。息。止めた。白い光にむかって躰を躍らせ、ロープを横に払った。

お互いに息を吐く。左腕。浅く斬られていた。安岡も、髪の中から鼻にかけて、血を流している。汗が、顎のさきから滴り落ちていった。安岡が、さきに動いた。腰に引きつけられた匕首が、ぶつかり合う寸前に、別の意志を持った動物のように、すっとのびてくる。腹を切られた。浅い。それでも、シャツが血で濡れていくのがわかった。

高樹は路面を蹴った。匕首。距離を摑めた。そう思った時、高樹は上体を反らせて刃をかわし、戻る反動も乗せてロープを打ちこんだ。蛇のように、瞬間ロープが安岡の脇腹に巻きついた。安岡が身を捩《よじ》る。上から叩きつけたロープはかわされた。

睨み合う。二人とも、肩を大きく上下させていた。ふっと、視界が白くなるような感じに、高樹は襲われた。

跳んでいた。ほとんど意識もなく、跳んでいた。同じように跳躍する、黒い影が見えた。匕首が、脇腹を切り裂いていく。ロープは、安岡の肩にめりこんでいた。二撃目。膝をつきながら、ロープを横に振った。膝。手応えはあった。匕首が、高樹の頭上を通りすぎていくのも、同時に感じた。

脇腹は、深く裂かれたのか。それとも、服だけか。

睨み合った。また位置が入れ替り、ヘッドライトに照らされた、血まみれの安岡の顔が見えた。

安岡が、不意に膝を折った。その瞬間、無表情だった安岡の顔も歪んだ。

安岡は、立ちあがれないようだ。膝の骨が砕けた。それは手応えでわかった。しばらく立っていられたのが、信じられないほどだ。安岡は、まだ匕首を握ったまま、近づいてくる高樹を見あげた。

「すげえもんだ。社長に聞いちゃいたけど」

「運だな」

「やり合ってて、不思議な気がしたよ」

「教えてくれた人がいた。幸太が高浜を殺《や》った短剣は、その人から預かったもんだよ」

「その人は？」

「死んだ」

高樹は車に戻り、ハンドルを二度切り返して方向を変えた。

バックして、安岡のそばへ行く。

「これを、渡しておこう」

封筒を、安岡のそばに投げた。相馬の金庫にあった封筒だ。

「幸太か西尾が、ここへ迎えに来るだろう。もし幸太が来たら、これを使って高飛びをするといい。なんだか知らんが、相馬にゃ大事なものらしい。金を払わなくとも、相馬は高飛びに手を貸すだろう。そのための取引に使えるよ」

「もし、西尾が来たら？」

「捨てちまえ」

高樹はゴロワーズをくわえ、ロンソンで火をつけた。安岡がじっと見あげてくる。二度、煙を吐いた。安岡は、なにも言おうとしない。汗が急激にひきはじめ、寒くなっていた。

「あばよ、バーテン」

幸太が言うように、高樹は言った。

車を出した。

ヘッドライトが、前方の樹木を照らし出す。くすんだ緑の葉をつけた針葉樹。その樹木のさきは、深い闇が拡がっているだけだ。その闇にむかって、高樹はさらにアクセルを踏みこんだ。

6

腕からの出血がひどくなってきた。

高樹はシャツの袖を破り捨て、傷口にガーゼを当てて、繃帯をしっかりと巻いた。左腕は散々な目に遭っている。手首から肩まで、繃帯だらけというところだ。

繃帯の上から、消毒液を振りかけた。しみて、思わず高樹は声をあげた。その痛みが、しばらくして躰の中に拡散していく。

腹と脇腹。薬局で買っておいた繃帯は、もうない。傷口が開かないように、直接絆創《ばんそう》膏《こう》で四カ所とめた。脇腹の方は、かたまった血が傷口を塞いでいる。

きわどい勝負だった。命を拾った。拾うつもりもなかったから、拾えた命だったのかもしれない。ほんの些《さ》細《さい》な、おそらくはひと呼吸の十分の一とか百分の一とかの短さで、死をやりすごしたのだ。

それについて、心が動いているわけではなかった。死ぬ時は死ぬ。以前もいまも、そう思っているだけだ。

横浜は、すでに近くなっていた。

東京まで続いている道。時折出てくる標識には、この道の行き着くところが東京だと、はっきり書かれていた。このまま真直ぐ突っ走る。心の底に、そういう気持があるのかどうか、高樹は探り続けていた。

横浜に入った。

出血のせいなのか、やはり時々視界が白くなる。

深夜で、走っている車などいなかった。静まりかえった街を、高樹はポンコツのプリンスでトロトロと走り続けた。このポンコツは、捨てたものではない。急な登り坂で、若者のマラソンランナーのように、オースチンを追いあげたのだ。

運河。横浜の、どこにでもある運河だった。

橋のところに、女を認めて高樹はブレーキを踏んだ。あの娼婦だ。

「よう」

声をかけた高樹の顔を確かめるように、女は車の中を覗きこんできた。

「なんだ、あんたなの。車なんか持ってる人なの」

「かっぱらってきた」

「ほんとに？」

「友だちのさ。無断借用だが、怒るようなやつじゃない」

「煙草、持ってる？」

高樹は、ゴロワーズを出してやった。女が、自分のマッチで火をつけた。炎に照らされた顔には、化粧の間から年齢と疲れが滲み出して見えていた。

「寒いのに、大変だな」

「あんたの後、チョンの間がひとりだけよ。暮だってのにさ、なんて不景気なんだろう。

情なくなっちまうわよ」

「もっと人がいる場所に」

言いかけて、高樹は途中でやめた。この女の足は、この場所を求めてしまうのだ。人に、そういう場所があっても不思議はない。

自分に、そういう場所があるだろうか。

ふと思った。桜田門の庁舎がそうか。練馬桜台の家がそうか。違う。孔雀城。いまは建物に紛れてしまった、あのころのねぐらを、いつも求めていたのではないのか。

「この煙草、変だね」

「そうかい」

「なんかのどにひっかかるし、変な匂いがすると思うわ、あたし」

言いながらも、女は煙を吐き続けている。

毀れかけた友情の匂い。誰かの詩の一節だった。酒を前にして、男がポツリと呟く。すると酒から泡がひとつ出てきて、表面に浮きあがり、割れる。毀れた友情の匂い。最後に、またその一節がつけ加えられる。

読んだ時は陳腐だと思ったが、なぜか心に残っていたのだろう。

「あんた、もう一回やろうって気、ないわよね。同じお金で、時間でいいよ」

「今夜は、もうやめておく」

「そうだよね」

「帰って、寝ろよ」

「明るくなったらね。あたしがここに立ってること、憶えといてよ。今度の時は、もっとサービスしてあげるから」

「頼むよ」

本気で言った。こういう女が必要な時が、あるかもしれない。女は、まだ煙を吐き続けている。足は、凍えているのか、小刻みに動き続けていた。

「おやすみ」

「あんたもね。車、早いとこ友だちに返した方がいいわよ」

「そうする」

車を出した。

倉庫のそばで停める。

焚火はもう消えていて、倉庫の中は暗かった。ライターは、すぐに着火した。外では風が出はじめているが、倉庫の中には入ってきていない。

「安岡さんは？」

西尾の声が、闇の底から聞えた。

「安岡さんも、一緒だろう？」

「いや」

「追いつかなかったんだ」

「その気があるなら、迎えに行ってやれ。箱根へ行く道を、ちょっと登ったところだ」

「殺ったのか？」

西尾の声が、低く乾いたものになった。かすかな息遣いが聞える。高樹は、西尾のそばにしゃがみこんだ。

ライターが、熱くなっている。小麦粉の袋に火をつけ、炎が大きくなると、木片を三つ載せた。すぐにパチパチと音をたてはじめる。炎を、高樹はしばらく見つめていた。

「安岡さんを、殺ったのかよ？」

「動けないだけだ。あの脚じゃ、車の運転はできないだろう」

西尾が、息を吐くのがわかった。

「あんた、なんでここへ戻ってきた？」

「幸太が、この近くにいるからさ」

「いねえよ」

「もうよせ、西尾」

高樹は、ポケットの鍵で、手錠のロックを解いた。西尾が、解放された手首を、何度も撫で回した。逃げようとして無理に引っ張り、締めつけられたのだろう。炎の明るさの中でも、手首の内出血の痕がはっきりと見てとれた。

「もう行け、西尾」

「いやだ。俺が社長のとこへ行くと思ってやがるんだろう。それを尾行《つけ》て、社長を見つけ出そうってんだろう」

「幸太は、俺ひとりで見つける。見つけられるんだ。おまえらがいなけりゃ、もっと簡単に見つけられた」

「俺は、ここを動かねえぞ。おまえの案内なんかしねえ」

高樹は、ゴロワーズに火をつけた。焚火に木片をいくつか足す。

炎の中に、幸太の顔が浮かんでは消えた。それから、高樹は眼をそらそうとしなかった。炎は、やがて炎だけになった。ゴロワーズの煙を吐き続ける。

「俺は動かねえ。絶対に動かねえぞ」

西尾が呟き続けている。

高樹は、拳銃を抜いて弾倉の弾丸を点検した。西尾が、息を呑むのがわかった。ゴロワーズを火の中に放りこむ。

腰をあげた。

なにか言おうとした西尾が、口を開けたまま首を横に振っている。

道路に出て、高樹はゆっくりと歩きはじめた。運河の上流。ダルマ船が何隻か繋がれている。

口笛。蘇ってくるもののすべてを、高樹は心の底に押さえこんだ。

歩いていく。暗いダルマ船から、なんの反応もなかった。口笛は、吹き続けていた。

風が強い。冷たさは、感じなかった。風が、口笛の音を吹き飛ばしていくのを感じるだけだ。

二隻目のダルマ船も、静かだった。

街灯がひとつ。三隻目のダルマ船の甲板に、その明りがかすかに届いている。

口笛。重なった。高樹は足を止めた。

丁寧に、音程を狂わせず、『老犬トレー』を吹いた。その間、すべての神経はメロディに集中させていた。

終りの部分で、重なってきた。高樹が音をとめると、はじめから別の口笛が吹き続けられた。澄んだ、いい口笛だ。

幸太の姿が、甲板に現われた。

ダルマ船とは、やはり渡り板一枚で繋がっているだけだ。

音を、合わせた。ほかのなにかも、懸命に合わせようとした。メロディだけが、悲しみを帯びて流れていく。

「なんて恰好してやがる」

幸太の声。昔のままの声だ、と高樹は思った。

「俺は刑事《でか》なんだ。躰の芯にまで、刑事がしみついてる。こうしておまえとむかい合ってみて、はじめてわかったよ」

「ちゃんとした恰好をしてろ。そう言ったろう。いい服を着て、糊《のり》の利いたシャツに皺のないネクタイを締めて。そうやって、おまえは心の中のけものを閉じこめなくっちゃな。でなけりゃ、刑事《でか》は続けられねえぞ」

「これが終ったら、俺は手帳を返上するつもりでいるよ」

幸太が、少し動いた。

高樹は、ゴロワーズをくわえた。掌で風を遮って、ロンソンで火をつける。

「おまえが、いつ来るか待ってたよ、良《よし》。絶対に来てくれると思ってた」

来てくれるという言い方が、高樹の心のどこかを鋭く抉《えぐ》った。

吐き出した煙が、風に吹き飛ばされていく。ゴロワーズが、嫌いになりそうだった。のどにひっかかる。毀れかかった友情の匂いがする。

「岡本さんの短剣なんかで」

「あれなら、おまえにはわかるだろうと思った。おまえだけにゃな」

「わかりすぎた」

「そうだよな。おまえは、俺より頭がいい。いつも、おまえの言う通りにやってりゃ、間違いはなかったもんさ。今度もそうだ。親父を殺らせたのは、高浜だった。そうすりゃ、なにがなんでも、俺が長岡を殺ると思ったんだそうだ」

「言うんじゃなかった、と思ってるよ」

「おまえが言わなかったら、俺は頭に血を昇らせたまま、長岡を殺ってたさ」

「その前に、俺が長岡を逮捕《あげ》た」

「終っちまったことだ、もう。そうだろう、良。終っちまったことは気に病まねえ。あのころは、そうでなけりゃ生きていけなかった。いつも、前を見てなきゃな」

「自首しろ、幸太」

「悪い冗談、やめとけよ、良」

「十年でいい。十年、我慢しろ」

「笑わせるなよ。俺がどういう性格か、おまえが一番よく知ってるはずだろう」

「頼んでる」

「頼まれたくねえってこと、おまえにもひとつぐらいあるだろう、良」

ダルマ船まで、四メートルほどか。その四メートルが、無限の長さのように遠かった。短くなったゴロワーズを、高樹は運河の水面に弾き飛ばした。赤い弧が、束の間宙に舞って消えた。

「煙草は、ちゃんと消せ、良。道に捨ててもいけねえ。きちんと服を着て、煙草を行儀よく喫って、非の打ちどころのない紳士ってやつになるのよ。それが、おまえに似合った刑事《でか》の姿さ」

「手帳は返す、と言ったろう」

「勝手にほざけ」

「自首だ、幸太。俺に、おまえを」

「良、いい加減にしとけ。俺は俺さ。焼跡にいた時の俺のまんまなんだ。変りようはねえんだよ」

「馬鹿野郎」

「それでいいのさ。おまえは、それでいい」

「いま、手錠《ワッパ》をぶちこんでくれるからな。そこを動くな」

「俺に手錠《ワッパ》をぶちこめるやつは、誰もいねえよ、良」

「そうさ。俺以外にはな」

踏み出そうとした。幸太が、ポケットからコルト・ガバメントを出した。まるで煙草でも出すような、さりげない仕草だった。

高樹も、ニューナンブ三八口径を握った。もう、言葉は出てこなかった。幸太も、じっと高樹を見ているだけだ。

風。電線が鳴っている。コルト・ガバメントが、動いた。高樹も右手をあげた。銃声。

一発だけだ。一発。

躰を折った恰好で幸太が吹っ飛び、船べりに背をぶっつけて坐りこんだ。

高樹は走っていた。渡り板を跳び、幸太のそばにしゃがみこんだ。

「なぜだ。なぜ、撃たなかった」

相討のタイミングだった。間違いなく、そうだった。引金を絞った瞬間、自分も撃たれることが、高樹にはわかっていた。

「いいよな、昔のダチってのは」

幸太が、眼を開き、口もとだけでかすかに笑った。

「昔のダチは、俺が望んだ通りのことを、してくれる」

「喋るな、幸太」

心臓からは、はずれている。しかし左胸の真中だ。

「いいんだよ、良。おまえは、俺が望んだことをやってくれたんだ。こうなると、はじめからわかってたさ」

「喋るな」

「同じさ、喋っても。肺の中が爆発してる。肺に、滝みてえに血が、流れこんでやがる。誰にも、止められねえ」

咳《せき》とともに、大量の血を幸太は噴き出した。それは、胸から膝にかけて降り注いできた。温かい血だ。

「ひとつ、言っとこうな、良」

幸太の手が、高樹の腕を摑んだ。

「刑事《でか》をやめるな。おまえは、一生、刑事ってものに、自分を閉じこめてろ。死んでいこうって人間が、言ってるんだ。なにがあろうと、それを破れやしねえだろう」

「幸太、俺は」

「刑事はやめられねえよ、な」

幸太の躰に、一度痙攣が走った。

「やめねえって、言え、良」

「やめない」

「いい気味だ。ざまみやがれ」

幸太が、また咳と一緒に血を噴き出した。高樹はそれを、掌で受けとめようとした。血を噴き出しながらも、幸太は苦しそうな表情をしていなかった。

「な、良」

「なんだ、なんだよ」

「あれ、吹こうぜ」

「わかった。吹くよ」

唇を、口笛を吹く恰好に作ったが、音は出てこなかった。幸太の首が、かすかに拍子をとるように動いた。聴えている。幸太には聴えているのか。

風が鳴っていた。音の出ない口笛を、高樹は吹き続けた。『老犬トレー』。魂の唄。幸太の、首の動きが止まった。

幸太は、死んでいこうとしている。抱きとめた腕に、それがはっきり感じられた。視界が白くなった。抱きしめる腕に、高樹は力をこめた。

なにもないところに、高樹は幸太と一緒に放り出されていった。

終章

幸太の躰が、そばにあった。

高樹は眼を閉じ、もう一度『老犬トレー』を吹こうとした。やはり音は出てこない。風の音が耳を打つだけだ。

「派手にやってくれたもんだな、おい」

松井だった。

「俺は」

「手帳を返す気か、高樹？」

「いえ、返しません」

「そうか。それでいいんだ」

眼を開けても、暗い空があるだけだった。夜明けは、まだ遠いのだろうか。空には、まだ星が見えるようだ。

「見た時は、たまげたな。血まみれで、二人の男が抱き合ってた。二人とも死んでる、と俺は確信したね。まるで、男同士で心中しやがったって感じさ」

躰が起こされた。

「おまえも、かなり失血してる。傷そのものより、失血性のショックで死ぬ可能性は充分にあったそうだ」

「生きてますよ。だから、刑事《でか》はやめられない。やめられないんです」

「それも、なかなかつらいもんさ」

担架に乗せられたようだ。

鑑識の連中が、手袋をした手で幸太の躰に触れた。まるでものにでも触れるような感じだ。高樹は、声と手を同時に出した。

「触るな。ぶっ殺すぞ」

きちんとしろ。幸太が言っていた。

「触らないでくれ。お願いだから、触らないで欲しい」

「気が立ってるんだ」

松井の声。躰が動いて、幸太が遠ざかっていった。

「田代幸太。高浜代議士殺しで、高樹刑事が追いつめ、銃をむけ合う恰好になったので、やむなく射殺した。間違いはないな、高樹さんよ」

松井の手が、かすかに肩に触れてきた。

「間違いだらけですよ、松井さん」

「いや、間違いはない。おまえは俺に、最初にそう報告した」

「こうなると、わかってたんですか？」

「県警本部で居眠りをしてて、本庁へ帰りそこなった。それだけさ」

道路。幸太がさらに遠くなる。

西尾が、渡り板のところにうずくまって泣いていた。声をかけようとして、高樹は言葉を呑みこんだ。

「こいつは？」

「さあね。高浜殺しは、田代幸太の単独犯行で、捜査中の妨害もまったくありませんでした。その男は、ただ悲しいだけですよ」

「いいんだな、それで」

「間違いないことですから」

「自分を責めるなよ、高樹」

眼を閉じた。

焚火。炎に照らされた幸太の顔。静かな曲。幸太の、澄んだ口笛だ。

「高樹、おまえにゃそんなに白髪があったかな」

言って、松井の手が高樹の髪に触れた。

「松井さん、聴えますか?」

「なにが?」

「俺の口笛」

「いや」

幸太には、聴えているはずだ。拍子をとるように、頭を動かしていた。俺と、幸太だけの曲。それでいい。

「救急車、早くしろ。そこの車をどけるんだ。神奈川県警は、そんな訓練もしてないのか」

松井が怒鳴っていた。

もう、幸太の姿は見えない。躰が揺れるたびに、幸太から遠ざかっていく。一瞬だけ、叫び声をあげたい激情に、高樹は襲われた。それを抑えた。行儀よくしろ。幸太はそう言った。

空が、かすかに白みはじめているようだ。口笛を吹いた。音が出ている。そう思ったが、聞えるのは風の鳴る音だけだった。

この風が、おまえを弔ってくれる。

呟いた。なに、と松井が訊き返してくる。

「風が」

「強いな」

泣いてるんです。言葉にはならなかった。涙なども出ていないようだ。

救急車に乗せられた。

すべてが遠くなった。口笛も、風の音も、聴えてはこなかった。

解　説――わが師　わが友　北方謙三を愛す

夢　枕　　獏

北方謙三氏ほど、品の良い酒を飲む人物を私は他に知らない。

常に泰然自若、バーボンのボトル一本空けても、決して乱れることはない。もし、氏が酔っているような現場を、誰かがたまたま見るようなことがあったとしても、それは、本気で酔っているのではなく、氏はその場の雰囲気に合わせておられるだけなのである。

女性に対しても、氏ほど優しく、また、己れを律すること厳しき方を、私は他に知らない。

飲んでいても、いつの間にか氏の周囲には、たくさんの女性が集まってくる。また、女性の誕生日や、好みのものなどを覚えていて、ある時はさりげなく、わざと無造作に包んだ真紅の薔薇《バラ》一本をプレゼントしたかと思うと、またある時は、思わぬ高価な宝石を、少年のようにはにかみながら手渡したりするのである。

若い女性に、髭《ひげ》を触らせてちょうだいと言われれば、

「よしよし」

と、にこにことしてそれを許し、悠々と、バーボンを口に含んでおられるのである。

女性に関しては、よほどの修羅場をくぐってこられたのであろう。美しい女性に囲まれながら、氏が、ふと淋《さび》し気な視線を、高価な葉巻の紫煙の彼方《かなた》に向けたりすることがある。

氏は、どこかに、孤独の影を背負っておられるようであり、その孤独故に、氏は、他人に思いやりと、あたたかな眼差《まなざ》しとを向けられるのであろう。

私のような若輩の人間が、仕事に迷い、女に迷い、締切りを落としそうになった時にも、氏は、御自身が忙がしい身であられながら、私ごときの癖の悪い酒に、黙々と、朝までつきあってくださるのである。

妻子ある身でありながら、美貌の女性に迷い、苦しき日々を過していたことがかつての私にはあった。あきれはてた妻は実家に帰り、五歳の娘はぐれて不良となり、家庭崩壊寸前にまでいった時にも、それを救ってくれたのは氏であった。

氏は、少しも説教をなさらず、いつも静かに私のぐちの聴き役になり、

「そいつは辛《つれ》えだろうなア、獏ちゃんよう」

と、ぽつりとひとことふたことつぶやくだけなのだが、その言葉が私の心に染み込んでくるのである。

そんな氏に、何度、私は作家生命を救われたことか。

女性の問題も一段落し、ようやく落ち着いた頃、

「獏ちゃん、女てエものはだなア――」

と、しみじみ女性のことなど私に話をしてくださるのである。

そういう話が押しつけがましくないのは、氏の人柄と、そして、その話の中にあるユーモアのためであろうか。

惚《ほ》れぼれするような男ぶりの良さ。

いったい、いつお仕事をなさっているのかと思えるほど、締切りについては騒いだことがなく、しかも、いつもバイタリティに溢《あふ》れた仕事をしておられる。

そしてなお、常に、作家として、ひとつの場所に安住しようとなさらない。

しっかりと自分の流儀があり、時代小説を手がけても、他の作家の真似《まね》ごとはせず、そこに自分の城を築いてしまう。

まったく、なんという方であろうか。

写真についても、氏に教えられた。

私は、何年か前に、光栄なことに、氏と一緒に写真展を開く栄誉を得た。

私は、人間の写真はほとんど撮らずに、花だの虫だののばかりを撮っているのだが、人間に魅力を感じてないわけではない。私が人間を、つい撮れなくなってしまったのは、ついつい、踏み込んで人間を撮ろうとすると、その撮られる人間が怒るからなのである。あ

る時などは、カメラを向けた途端に、石をぶつけられたこともある。

氏は、たくさんの人間を撮っていらっしゃる。

「獏ちゃんは、人間は撮らないの？」

氏に訊《たず》ねられたおり、私はその話をした。

すると、氏は言われた。

「いやあ、獏ちゃん。写真を撮られると、人間は怒るんだよ。いやがるんだ。何故《なぜ》ならば、写真というものが暴力だからなんだよ。誰だって、道を歩いている時に、妙な男が近づいてきて、いきなり殴られたらいやだろう。レンズを向けるということは、そういうことなんだよ」

写真には、暴力の要素がある――

そのことを言われて、私は、深く深くうなずいたのであった。

さらに、氏は、心づかいと、思いやりの方である。

氏の写っている雑誌のグラビアや、本の写真などを見ると、こわもてするどこかの組織の方――と、そんな印象を持たれる人もいるであろうが、氏の本質は、優しい孤高の思いやりの人なのである。

では何故、氏が、あのような写真を撮られるに至ったのか。

それについては、氏は、あるエッセイの中に次のようなことを書いておられた。

つまり、写真というのは、どうせある種の虚構しか伝えられないのではないか、というのである。たとえ、何枚撮っても、その人間の真の姿は伝えられないのではないか。

つまり——

どうせ、虚構が伝わるのなら、おもいきりポーズをとった、読者が北方謙三という作家に対して抱くであろうイメージ、ようするに虚構を伝える方が、送り手としてはいっそすがすがしいのではないであろうか。逆に、そういう写真であればこそ、伝えられることもあるのではないか。

そのような意のエッセイであったと記憶している。

その写真のことだが、ある日、ある時、我々は、あるテレビの仕事で北海道へ行った。

北方謙三。

立松和平。

夢枕獏。

この三人で、トーク番組を一本ということであった。

この撮影の合い間に、写真の話題となった。

「北方さあ、おまえねえ、どうしてああいうポーズで写真を撮ることができるんだよ」

和《わ》っ平《ぺい》さんが訊《き》いた。

「おれなんか、ちょっと、恥ずかしくてさあ、なかなかあれはできないよ。なあ、北方、あれどうやってやるんだよ」

　すると、氏は、深くうなずかれ、

「あれには、コツがあるのだよ」

　そう言った。

「コツ？」

「うむ。まず、自分が小林旭であると思い込まなきゃあ、ならない」

「それで？」

「思い込んだら、海に立って水平線に視線を向けた気分になるんだよ。そうしたら、次に、その水平線に視線を残したまま、顔だけを、こうやって下げてゆく……」

　氏はそのポーズをした。

　ならば、三人でそのポーズをして、カメラマンにそれを写真に撮ってもらおうということになり、我々は、オホーツク海を見つめ、北方謙三ポーズをしたのだが、私と和っ平さんは、すぐふき出してしまい、三人の決めのポーズを一緒に写真に撮るということは、ついにできなかったのであった。

　そこで――というわけでもないのだが、実は、私は、本書を、中国の西安（昔の長安）で読んだのであった。

　本書の解説を書くために、中国に持ち込んだのであった。同じ時期に、椎名誠の『土星を見るひと』の解説も、そして『夏目房之介の漫画学』も同様に解説を書かねばならず、無数の本と共に、それ等《ら》の本や氏の本を持ち込んだのであった。

仕事仕事で、北京でも書き続け、寝不足の状態のまま、ようやく西安にたどりついた。

本来であれば、眠らねばならないのだが、私は、ついうっかり、持ってきた氏の『風葬』――つまり、本書を読み始めてしまったのであった。

困ったことに、これがおもしろい。

眠れなくなってしまった。

「俺の本を一度開いたからにゃ、獏ちゃんよ、朝まで眠らせねえぜ」

北方謙三のハードボイルドぎみの渋い声が耳元に聴こえてくるようであった。

それでついに、私は、朝方までかかって、本書を全部読んでしまったのであった。

結局、二時間しか眠れぬまま、翌日、空海が日本からやっとたどりついた、青龍寺という寺や始皇帝の墓陵などに出かけたのである。

さらに困ったことには、これは三部作のうちのまん中にあたる話であり、始めと終りの分を持ってきてないのであった。

帰ってからさっそくその二冊を読んだのだが、いやあ、いい話だぜえ、これは。

私、夢枕獏が保証いたします。

高樹刑事ものは、何冊かすでに読んでいるが、もう一度、始めから読み返してみようかという気持になってしまった。

この原稿、本書の解説にならんかったかもしれないけれど、ま、いいか。

友人であり、知人である同業者の小説を解説するというの、なにか、おこがましいものがあって、書こうとすると緊張してしまう私なのであった。

ま、ともかく——

おもしろい原稿にはなったような気はしてるのであります。

では——

（ゆめまくら・ばく　作家）

＊この解説は、一九九二年十月の文庫初版刊行時に書かれたものです。

本書は一九九二年十月、集英社文庫として
刊行されたものを改訂しました。

単行本　一九八九年十月　集英社刊

※この作品はフィクションであり、実在の
個人・団体・事件などとは、一切関係あり
ません。作品の世界観や、発表された時代
性を重視し、執筆当時のままとしています。

集英社文庫

風葬《ふうそう》 老犬《ろうけん》シリーズⅡ

2023年4月25日 第1刷 定価はカバーに表示してあります。

著 者 北方謙三《きたかたけんぞう》

発行者 樋口尚也

発行所 株式会社 集英社
東京都千代田区一ツ橋2-5-10 〒101-8050
電話 【編集部】03-3230-6095
【読者係】03-3230-6080
【販売部】03-3230-6393(書店専用)

印 刷 中央精版印刷株式会社 株式会社美松堂

製 本 中央精版印刷株式会社

フォーマットデザイン アリヤマデザインストア マークデザイン 居山浩二

ISBN978-4-08-744511-4 C0193